中国高等院校工业设计专业系列教材

产品形态创意与表达 第二版

编著/刘国余

上海人民美術出版社

图书在版编目（CIP）数据

产品形态创意与表达/刘国余编著. — 2版. — 上海：
上海人民美术出版社，2009
（中国高等院校工业设计专业系列教材）
ISBN 978-7-5322-6024-9

I. 产 ... II. 刘 ... III. 广品－设计－高等学校－教材
IV. TB472

中国版本图书馆CIP数据核字（2009）第189723号

中国高等院校工业设计专业系列教材

ZHONGGUOGAODENGYUANXIAOGONGYESHEJIXILIEJIAOCAI

产品形态创意与表达　第二版

编　　著　刘国余
责任编辑　孙　青
封面设计　徐晓菁
版式设计　张一定
技术编辑　季　卫
出版发行　**上海人民美术出版社**
　　　　　地址：上海市长乐路672弄33号
　　　　　邮编：200040　电话：021-54044520
印　　刷　上海市印刷十厂有限公司
开　　本　787×1092　　1/16
印　　张　7
出版日期　2009年12月第1版　2009年12月第1次印刷
印　　数　0001-3000
书　　号　ISBN 978-7-5322-6024-9
定　　价　39.80元

序

  产品形态是产品设计的最终结果，是集当代社会文化、科技、艺术等信息于一体的载体。产品形态创意作为设计师创造力的一种表现，它集中展示了设计师对工程科学技术与文化艺术的高度结合，反映了设计师对人类社会发展中蕴含的当代生活价值观念的认知与诠释。

  产品形态是重要的产品功能。一个好的产品形态除了能带给人们物质的便利外，必定会唤起人们内心精神上的共鸣，给人们带去艺术方面的享受。因此，好的产品形态总能激起人们拥有和使用的欲望。像苹果电脑、飞利浦家电、丹麦音响和家具，以及意大利灯具和汽车等产品在世界市场上的成功就足见其一斑。反之，不好的产品形态只能在市场中遭受淘汰的命运。

  设计实践证明，产品形态创意是在整个产品设计过程中最为艰苦和困难的一环。我们经常发现一些学生在收集了大量的市场调查资料后不知道如何将它们转化成一个理想的产品形态。这样的情况对于即使是一些具有多年工作经验的设计师来说也时有发生。相对于一些市场调查方法、生产工程技术而言，形态创意似乎更使人难以捉摸。产品形态创意的难度在于要求设计师具有较为全面的知识结构和对这些知识高度的综合应用能力。产品形态创意的难度更在于要求设计师具有多元化的思维模式，以创造为核心，将逻辑思维与形象思维有机地融合在一起。产品形态创意既不能像纯艺术那样随心所欲，更无法用数理的公式来进行推导。产品形态创意要求设计师必须具有足够的信心和勇气面对各种挑战。

  鉴于上述对产品形态创意的认识，结合多年在产品设计教学和设计实践中的一些点滴体会，我认为有必要将这些体会整理成文，以期引起同学们和广大设计师对这方面进一步的关注与探索。

  世界万物都是在一定的规律下进行，设计也不例外。尽管在产品形态创意中包含着许多不确定的因素，产品形态创意的结果也会因人而异，但通过对构成产品形态的基本要素的分析，我们就不难看出它们之间的内在关系和对产品形态创意中所起的影响与作用。本书的阐述就是基于这一基本规律，以产品形态创意的基本过程为线索，分别从构成产品形态的美学特征、形态构成规律、设计原则和思维特征、产品形态创意与形态表达之间的互动关系等方面加以展开，同时辅以大量对国内外优秀设计实例的引证与分析，力求揭示出产品形态创意中的基本方法与内在规律。

  该书的第一版已出版 3 年，今年又荣幸地被国家教育部确定为普通高等教育"十一五"国家级规划教材。这次借重印和修订之际，对全书作了较大的调整与修改，同时还增添了不少新的图片和设计案例，使内容更精练、更具典型性。在本书撰写中运用的一些设计实例大部分来自于国外一些最新发表的资料和网站，部分选自上海交通大学工业设计硕士研究生的设计作品。在此，谨向所有资料提供者致以衷心的感谢！本书中的不足与错误之处也真诚地希望读者提出批评指正。

编者

2008 年 11 月于上海交通大学

目录

1

产品设计中的形态创意

产品设计是工业设计的核心。随着科学技术的飞速发展和人们生活方式、价值观念的不断变化，人们对各种赖以生存的产品也提出了更高的要求。产品设计的过程也由此变得更为复杂，为适合现代产品设计所需的专业知识也更为广泛。产品设计实际上已成为一门集市场学、经济学、文化学、艺术学、科学技术等多种知识的交叉学科。

产品设计也是一门复杂的系统工程，产品形态创意是产品设计中所包含的一个十分重要的内容。在产品形态创意中，设计师要根据市场提供的基本信息明确设计的目标与方向，并对产品形态作出正确的设计定位。然后，在上述基础上展开设计构思。通过艰苦的构思过程，设计师最终才有可能在众多的设计方案中筛选出一个比较理想的设计方案。

在产品形态创意过程中，设计师不仅要掌握与产品形态相关的材料、机构、生产技术及人机工学等方面的知识，领会和把握当今艺术的发展趋势和特征，同时还要具备较高的艺术修养和对艺术形态的创新能力。产品形态创意作为设计师创造力的一种表现，它集中展示了设计师对工程科学技术与艺术的高度结合，反映了设计师对人类社会发展中蕴含的生活价值观念的认知与诠释。因此，一个好的产品形态除了能带给人们物质的便利外必定会唤起人们内心精神上的共鸣，给人们带去艺术方面的享受。

产品形态创意结果的好坏将直接影响到消费者对该产品的接受程度，影响到产品在市场上的成功与否。因而围绕如何培养和加强学生的产品形态创造能力始终是设计教学中最为关键的任务之一。

第一节 产品形态

世界万物都是以一定的形态而存在，大自然中的山川江河、飞禽走兽、花草石木无不以其特有的形态构成了我们当今千姿百态、形形色色的多彩世界。我们日常生活中使用的各种产品是这个多彩世界中的一部分。尽管它们有着各自的实用功能和技术内涵，但总是以某种特有的形态而存在，告诉着人们它们是什么、能为人们提供什么样的服务功能。

通常，人们也是依靠产品特有的形态来认识产品的。例如，当我们在博物馆内看到一件历史久远的陶器，根据其形状特征就能推测它是用来装水或是烧煮食物。看到其足部的结构和两侧的形态就能体会到当时的使用情景和方式。图 1-1 是一件 2000 多年前人们日常生活中使用的器物——陶鬲，用于盛放食物和烧煮食物。从它特有的造型形态上，我们不难想象出当时人们使用它时的情景。器物足部呈三足，为的是能使陶鬲稳定地放在地上，在烧煮食物时也能使柴草得到充分的燃烧。腰部有一个粗大的把手，能使移动器物或倾倒食物更为方便。口部流（嘴）的设计规定了食物倒出时的流向，使用时更方便和安全。

现代产品由于其功能和包含在内的技术复杂性，使得形态特征更为复杂和多变，但人们依然能从其基本的形态特征中感知其基本的功能（用途）和使用特征。带有轮子的产品必定与具有运输、滚动等功能有关，而具有把子、按钮之类的产品必定与手的操作相联系。人们甚至能根据产品形态中的一些细节，如线条、比例、体量、色彩或材料等，感受到产品的功能范围、使用对象和应用环境。因此，一个设计得好的产品必定会有一个与之相匹配的产品形态，而这一产品形态不仅仅是一个简单的外形，它必定是包含了如表 1-1 所示的各种信息和内容。

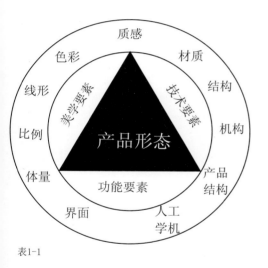

图1-1

表1-1

第二节 产品形态创新的意义

产品形态是信息的载体。设计师通常运用独有的造型语言和手法创造出特有的产品形态，以此向外界传递出产品的基本内容。消费者在选购产品时也往往通过产品形态表达出的某种信息与内容来进行判断和衡量与其内心所期望的是否一致，并最终作出购买的决策。可见，产品形态对于产品在市场中的表现至关重要，为此，不少企业将产品形态创新作为提高或延续产品在市场上竞争力的重要手段。

一 产品改良与产品形态创新

世界上任何一个事物都有一个从形成到成长、成熟、衰亡的过程，产品也不例外。 一个产品进入市场以后也必然会有一个从逐步成熟到退出市场这一过程。这一过程称之为产品的生命周期。在当今社会，由于科学技术、人们生活方式、价值观念等变化因素，导致了一部分产品不再适合人们生活的需要。因而人们渴望用新产品来代替旧产品，这就促使了产品在市场中生命周期的缩短。但是，在现实中企业用全新的产品来替代以往的产品是不现实的。因此，企业往往借助对以往产品的不断改良来延长这一产品在市场的生命周期，以获取产品在市场经营中的最大经济效益。（表 1-2）

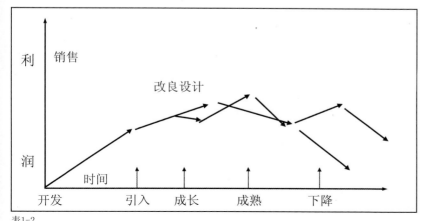

表1-2

图1-1 中国古代陶鬲

表1-1 产品形态构成的基本要素

表1-2 产品在市场中的生命周期

由于产品在改良设计中依靠产品形态结构的创新要远比依靠产品的技术创新来提高和改善产品的使用质量更快捷、更具经济性，因此产品形态设计就成了企业不断提升产品质量、迅速满足消费市场和持续获取经营效益的重要手段。事实上，目前市场上 99% 的产品均属于产品改良设计的结果。如我们在汽车博览会上看到的形态各异的新概念汽车，在商场中陈列的各种类型的冰箱、洗衣机、微波炉、吸尘器、自行车等产品。在对这些产品的设计中，产品的功能、结构及使用方式等方面的变化相对较少，而对产品的形态要求则较高。

然而，设计师在产品形态设计中决不是像某些人偏面理解的那样仅仅是为产品做美容师。事实上，产品形态是设计师在充分了解使用者对产品使用要求、审美倾向及产品功能特征因素前提下应用造型元素的结果。产品改良设计虽然在其表面上所反映出的是以产品的形态为主，但实际上是对形成产品形态的诸要素的重新组合。在其设计过程中，设计师必须对产品的基本功能、操作特征及经济、技术、美学等要素作全面充分的分析与平衡。

产品形态创新是企业延长产品生命周期、实现企业稳步发展的基本经营战略。以汽车产业为例，世界上各大汽车巨头都十分关注汽车市场上的车型发展变化趋势。他们甚至不惜花费巨资，请各大调研机构对市场进行调查，弄清当今消费者对汽车形态的要求。在一些资料中也表明人们在选购汽车时对汽车风格、形式的关心要超过对其他因素的关心。图 1-4 是一组上世纪 90 年代到目前仅 20 年时间内的部分汽车车型。从这些车型的变化中，我们能清楚地感受到，在汽车的不断改良过程中，汽车的形态创新始终是汽车发展的重点。

图1-4　形态变化是当代
汽车改良设计的重点

图 1-5 是一个很不起眼的油漆罐改良设计。但谁也没有想到，就是这样一个小小的改良设计，使 Dutch Boy 品牌的油漆销量比设计前翻了三倍，为企业带来了巨大的经济效益。

这个一扭就开的方形油漆桶是由美国 Nottingham-Spirk 设计公司设计的。设计小组前期对油漆罐的生命周期和油漆的使用过程作了深入的调查和分析后，他们惊奇地发现，这个已经存在 100 多年的老产品竟然有着许多的问题，如开启和盖上油漆罐需要工具的帮忙、倒漆时会流得满地都是、拿起来时罐身又脏又笨重等等。

通过设计，他们把原来的圆形油漆桶改成了现在这样方的形态（图 1-5）。这样在方角处留出来做一个把手的空间，而口部仍保持圆的形态，并在流漆的位置做了一个导流口，克服了倒漆时流得罐身到处都是的问题。盖子采用螺旋的方式，使开启和闭合十分方便。此外，方的形态便于堆放，放在货架上不仅节约空间，同时罐身扁平的侧面也创造了良好的销售视觉效果。总之，这是一个非常成功的改良设计，即使是女性也能很方便地使用它。

图 1-6 是日本一家专门生产水壶的企业近 40 年所生产的产品样品。从这些典型的产品形态演变过程中，我们能真切地感受到产品形态设计在企业经营和发展过程中所起的作用。

图1-5

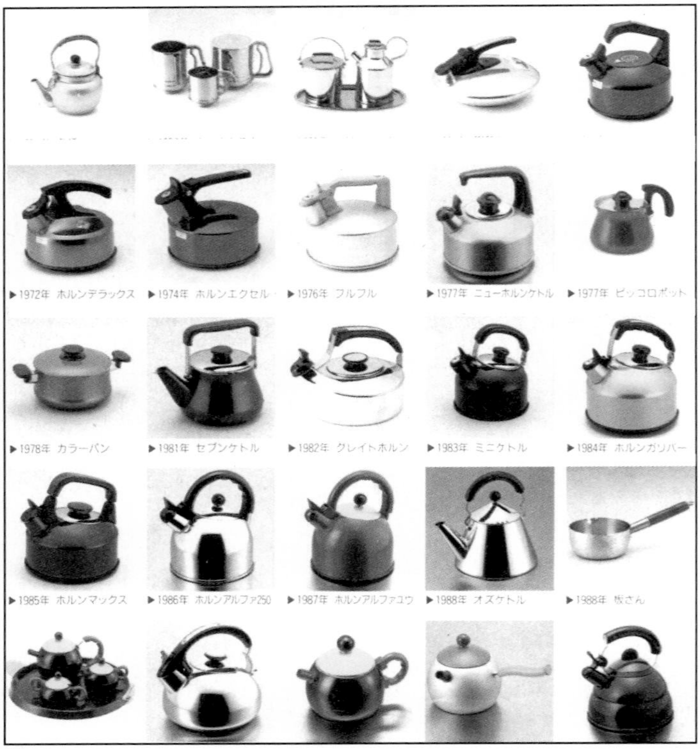

图1-5　上　传统油漆罐形态
中、下　改良后的油漆罐形态

图1-6　日本水壶生产企业产品形态演变过程

▶1972年 ホルンデラックス　▶1974年 ホルンエクセル　▶1976年 フルフル　▶1977年 ニューホルンケトル　▶1977年 ピッコロポット

▶1978年 カラーパン　▶1981年 セブンケトル　▶1982年 グレイトホルン　▶1983年 ミニケトル　▶1984年 ホルンガシパー

▶1985年 ホルンマックス　▶1986年 ホルンアルファ250　▶1987年 ホルンアルファユウ　▶1988年 オスケトル　▶1988年 牧さん

图1-6

二 产品价值与产品形态创新

产品的市场竞争力取决于产品向消费者所提供的价值，产品价值除了产品向用户提供的基本使用价值外，还包括通过设计而带来的附加价值。附加价值越大，产品在市场中的竞争力就越大。产品形态中的创新性、奇特性和美感等要素是形成产品附加价值的核心。

由于当今社会物质的极大丰富，商场中各类商品琳琅满目，要在同类商品中迅速吸引消费者的目光，获得消费者的青睐，产品在形态设计中就必须坚持创新。因为具有创新的产品形态往往能体现出设计师奇妙的设计构思和强烈的创新精神，蕴含着机智与深邃的知识内涵，它能振奋和激励人的精神和意志，唤起人们的求知欲望。在市场中，具有创新的产品形态能以自身独特的形态结构，在区别与其他同类产品的同时，也赋予了产品一种新颖的视觉效果，产生出巨大的视觉冲击力，以此激起人们购买和使用该产品的欲望。

产品形态创新的魅力有时可能会远远超出我们的想象，10 多年前法国设计师菲利普·斯塔克 (Philippe Stark) 设计的柠檬榨汁机 Juicy Salif 就是很好的佐证 (图 1-7)。从图中我们可以看到，榨汁机是一个三足造型，形态宛如生物界的一个小昆虫，虽然我们说不上它来自何处，但它优雅而充满活力的形体给消费者带来了难以忘却的印象。也有人说它是厨房中的一件饰品，但从其灯光下所投射出的阴影变化看更具有一个雕塑的特征。Juicy Salif 走进市场后立即获得了巨大的成功。其实，在产品的使用功能方面，Juicy Salif 的使用并不比其他厨房榨汁机要省事。人们在使用时必须把切开的柠檬像帽子一样套到榨汁机的顶部，然后将它加压并同时扭转，使柠檬汁顺着机身表面的细沟流到下面的杯子中。清洁机身时会给人带来意想不到的麻烦。有时，尖锐的三足底部还可能损伤光洁的桌面。但尽管如此，人们还是十分愿意把它放在自己的厨房中。人们喜欢它的理由很简单，即独特而新颖的外观形态。

另一个具有说服力的例子就是苹果电脑公司的 Imac 电脑 (图 1-8)。近年来，由英国设计师乔纳森 (Jonathan Ive) 为美国苹果公司设计的 Imac 电脑被誉为电脑产品设计史上的里程碑。乔纳森的设计理念是要为电脑市场提供一个形态简洁、容易操作和使人感到亲近的电脑产品。该产品的外观形态设计独具匠心，用蓝白两种颜色透明的工程塑料制成流线型外壳，内部机芯隐约可见。整个形态令人耳目一新，极具视觉冲击力，使科技与艺术在 Imac 的身上得到了完美的融合。Imac 上市后，在最初短短的 139 天中就销售了 80 万台，平均每隔 15 秒钟就卖出一台，创造了苹果电脑销售史上的奇迹。Imac 的成功不仅使濒临破产的苹果电脑公司起死回生，同时也为公司的后续产品设计开创了一代新风 (图 1-9)。

图 1-7 柠檬榨汁机 Juicy Salif

图 1-8 Imac 电脑

图 1-9 苹果电脑后续产品

图1-7

图1-8

图1-9

第三节 产品形态设计与工业设计教学

产品设计是一门多种学科综合运用的交叉性学科，因而产品设计必定是一个由多个专家和设计师共同参与协作的过程。在工业设计教学的一开始，让学生了解产品形态设计在整个产品设计过程中的位置与作用，认识到产品设计的基本特征，将有助于学生在今后的实际工作中更好地理解设计的性质，从而进一步确切地定位自身，有效地发挥专业知识和特长。

一 产品形态设计在产品设计中的位置

从一个产品发展过程来看，产品的形成大致可以分成四个不同的阶段：

第一阶段是设计的准备阶段。这一阶段是产品设计过程中非常重要的阶段。导致许多产品设计失败的原因之一，就是企业在设计项目开始前没有做好足够的准备工作。

在设计准备阶段，企业首先要考虑的是有没有足够的设计资源。没有足够的开发资金和缺少设计人才、技术力量、开发时间等都可能会导致设计的失败。其次，要有明确的设计定位，即在设计前要有一个清晰的设计目标与方向。只有设计的目标和方向明确了，设计才能有的放矢，才能最终取得市场的成功。因此，在这一阶段中企业除了要准备足够的设计资源外，还必须做大量的市场调查和信息分析工作。在设计的一开始就十分明确产品的使用对象是谁、使用者的特点和对产品的要求是什么、企业如何去满足这些要求等问题。

第二阶段是方案设计阶段。在这一阶段中，设计师要根据设计定位提出各种不同的设计构想和解决问题的方案。由于要达到某一目标或要解决某一问题的方案和设想是多种多样的，因此，设计师要寻求一个最佳、最合理的解决问题的方式就必须充分发挥自身的想象能力，努力开拓设计思路，尽可能更多、更好地提出不同的设计方案。

在这一阶段中，设计师通常借助草图、产品效果图，甚至模型来表达其对产品的设想，也就是要将头脑中对新产品的概念或想法转化成可视的产品形象。因而这一阶段也称为是产品形态设计阶段或工业设计阶段。通过对产品形态设计的过程，一方面设计师可不断地修正和深入自己的设计方案，使最初的想法趋于明确和成熟，另一方面也为企业对设计方案的评估与筛选提供了可视的依据。总之，产品形态设计在该阶段中所起的作用是极其重要的，它的好坏将直接影响到产品今后在市场中的成功与失败。

第三阶段是设计的评估与实施阶段。在第二阶段中，通过对产品形态设计获得了初步的产品形态方案，但这个方案是否可行还必须进行各种方式的评估与验证。例如对某些产品要制作工作模型，通过工作模型来研究及检验设计是否达到设计的目标和多项技术要求，产品内部结构与外在形式是否构成了一个有机的整体，在材料的选用、各部比例的配合、结构等设计方面是否最大程度地发挥产品的各种机能，产品的技术指标、安全性能等是否达到了设计要求，等等。

在这一阶段中，通过对设计方案的评估，对一些设计不合理的地方和存在的问题进行不断地修正，等设计方案达到较为完善的程度就可以做生产的准备工作。这些工作主要围绕从设计转移到生产方面进行，如进行详细的结构及零部件设计，对所使用的材料、装配工艺要求作出说明，对生产新产品所需要的生产系统作调整与修改等。当这些工作结束后就可进行小批量的试制。产品试制成功后就可转入批量生产、投放市场。

最后阶段是对设计进行反馈和检验的阶段。当产品进入市场后设计并没有因此而结束。因为设计一件产品必定会受到当时的科学技术、社会文化、市场信息以及设计师、企业决策领导人的个人知识、能力等诸方面因素的影响。受这些因素的影响，当产品进入市场后，一些与消费者需求不相适应的地方将逐渐显露出来。因此，要使产品在市场上真正具有较强的竞争能力和较长的生命周期，企业还必须做好新产品的反馈工作，及时发现产品进入市场后所存在的一些问题，为企业下一轮的设计开始做准备。

从上述产品设计发展的四个阶段中，我们可以清楚地看到，在不同的设计阶段中，设计师和其他设计人员始终处于紧密的相互协作状态之中，同时我们也看到，产品形态设计是产品设计师承担的工作重点，也是整个设计工作中成败的关键，其对整个设计的作用是任何其他设计人员所不能替代的。这也是工业设计师与其他设计师之间重要的区别之一。

二 产品形态设计的基本特征

在产品设计课的教学中，学生们普遍感到，在产品形态设计阶段，特别是在草图构思阶段，总是最困难、最艰苦。为了能获得一个较为满意的设计效果，他们总是要花大量的心血，经历着"众里寻他千百度"和"为伊消得人憔悴"这样的过程。这样的情景在企业或设计界的设计师中也同样存在。有人曾对企业中一些设计院校的毕业生做过调查，尽管这些毕业生已经经过了多年的设计实践，但绝大部分的毕业生感到，相对于一些工程技术或生产知识，产品形态设计方面的技能似乎更难掌握，更让人难以捉摸。

为什么在产品设计过程中，相对于其他方面的一些知识，掌握产品形态设计方面的技能对设计师来说要更困难呢？我们可以从产品形态的基本内涵和形成的过程等方面来探讨这一问题。

首先，产品设计的目的是为了满足人们在生活中的特定需要。而这种需要不是仅仅体现在产品对人提供的物质功能方面，同时也体现在精神生活方面。但这种精神需求的内涵是因人而异的，它无不反映出不同的人对当代社会生活、文化等方面不同的价值观念。其表现在外在的形态方面必然是千姿百态、形式各异。设计师在选择或表达这些千姿百态的形态时，不仅仅是一种表面形式的表达，而必须是对消费者在精神层次上深刻理解基础上的创造。这种创造并没有现有公式。

其次，产品形态的设计过程是设计师根据市场消费者所反映出的消费倾向，结合产品现实生产技术与条件进行综合分析的过程。在这一过程中，由于存在着许多不确定因素：如市场信息往往难以预测、美学倾向常常因人而异。此外，在造型艺术中不确定的因素也很多，等同内容可以有多种不同的表现形式，如设计师的个性差异、创造意识的强弱、艺术观点的不同，凡此种种都会给设计师在综合分析过程中增加复杂性，对形态设计带来困难。

第三，产品形态设计一定程度上不仅反映了设计师在综合分析信息和解决问题方面的能力，同时也反映了设计师对当前的社会美学倾向、设计思潮、人文观念等方面的理解和把握能力，反映了设计师在艺术修养及文化方面的领悟程度。我们在设计实践中也经常发现，即使是同样的产品设计定位，不同的设计师会产生出截然不同的设计结果。因为产品形态不是依靠一些数据和信息的推理就能实现。再者，对艺术的领悟和人文修养的形成也不是靠一朝一夕就能达到，它必须建筑在广博的知识基础之上，并通过不断地艰苦实践和长期的积累。

三 产品形态设计的能力提升

上面提到，产品形态设计是产品设计中最为关键但也是最为困难的。因此，如何提升学生产品形态设计和创新能力是工业设计教学中重要的环节。根据产品形态的基本特征和设计教学规律，要提升学生在形态设计和形态创新的能力，必须从教学观念、学习方法和实践途径等方面入手。

1. 改变教学观念

在当今一些设计院校内流行着这样的观念：认为设计来自于想法（ideas），而想法来自于市场，因此，只要了解市场，就能有好的想法出现，进而获得好的设计。有的甚至认为设计就是做市场调查，至于由谁来将市场信息转化为设计的最终结果，似乎并不重要。这种将市场研究和设计实践决然割裂的做法对设计活动的展开是十分有害的。诚然，在设计活动开展前必须要有明确的设计定位，熟悉市场和了解用户对产品的需求特征是设计成功的基础，但熟悉和了解市场不是设计的全部。许多事实也证明了这一点；即使是面对同一个市场和同一个用户，设计可以做得非常激动人心和具有经济效益，但也可能是平庸乏味而毫无价值可言。

此外，在学习中要打破过于狭窄的专业界限。不少学生在学习工业设计时比较关注对本专业领域知识的吸收和掌握，而对其他相关专业领域，如平面视觉、建筑、室内等设计方面的知识关注程度较低。事实上，这些专业领域内有许多知识和设计原理是相通的。丰富而宽阔的专业知识以及深厚的文化底蕴对拓宽我们的视野和想象能力、形成我们对文化艺术的领悟能力都是非常有益的。在技术飞速发展和文化多元交融的时代，设计专业之间的界限将变得越来越模糊，对一件设计作品有时会很难区分它是室内设计、是产品设计，还是展示设计。

2. 借助方法

"给我一个支点，我就能跷起地球"，这句话形象地诠释了利用方法的重要性。产品形态看似难以捉摸，但实际上仍有一定的规律可循。例如在对产品形态感知中所反映出的审美倾向，不同的人有不同的感受与追求，但总体上说，人类对美的感知与判别有一个基本相似的基准，这就是普遍意义上的视觉美学规律。我们只有在深入了解和把握这一视觉美学规律的基础上，才有可能挖掘和创造出具有个性意义上的审美特征。如果放弃和漠视对这些普遍美学规律的探索，创造出来的形态则有可能带来现代社会审美意识的缺失。

思维与创造有着紧密的关联。在茫茫的思维大海中，创造的航船要驶向何方？掌握和认识了创造性思维的特征与规律，我们才能容易拨开迷雾，绕开障碍，抵达成功的彼岸。

自然是万物的创造者。大自然中事物的构成规律无不给我们产品形态构成和创造带来有益的启示。世界上无数优秀的设计大师正是深深领悟到自然万物的创造精髓和变化规律才设计出了许多杰出的产品设计范例。尽管这些产品功能各异、形态不一，但仔细研究这些产品形态的美学特征、构成形式和演变趋势，我们不难发现其内核中所包涵的许多相似之处。

综上所述，研究和探索产品形态创意的基本规律与特征，从设计思维、设计方法的层面上为工业设计学生提供产品形态设计的原则与方法，并最终提升他们对产品形态的设计和创造能力是本书编写的目的和重点。

Practice 练习

在当今社会，人们在选购商品时，其选择标准与以前有什么差异？是什么因素造成人们选购商品标准的变化？

2

产品形态创意的
视觉美学特征

产品除了要提供人们物质生活中所需要的特定功能外，还要给人们带来精神方面的享受。所以一件好产品除了好用外，还必须给人带来心理上的愉悦感，在形态上必定具有美感，具有艺术性。但产品形态毕竟不是一件纯粹的艺术品，它的艺术特征是设计师对产品的材料、工艺、结构、功能等造型要素综合运用的体现，是科学、技术和美学的互为统一。

在日常生活和人们购物的体验中，产品给人的第一感觉至关重要，产品具有什么样的个性、具有什么样的特征，往往在人们第一眼看到它时就在心目中留下印象。要使产品具有明确的个性特征，在产品的形态设计中就必须做到从"大处着眼"。防止在产品形态设计的一开始就"纠缠"在产品的细节上而导致产品形态的僵化和缺乏活力。总体上讲，一个具有创新性的产品形态在视觉上必须具有简洁、整体、新颖和具有细节等美学特征。

图2-1　两组不同的脸形特征比较

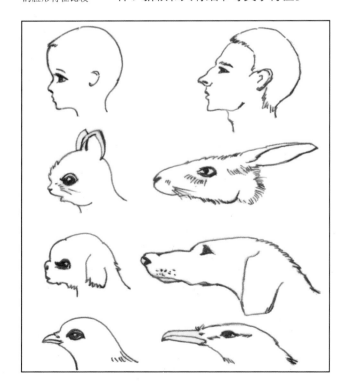

第一节　简洁性

在产品形态设计中，形态的简洁性始终是设计师要遵循的重要的产品美学特征之一。简洁不等于简单，简洁的形态主要表现出的是一种单纯而含蓄的美。简洁的产品形态有以下特征：

一　简洁的产品形态具有吸引力

许多心理学的实验证明；人们在感知立体形态时，对具有简洁的形态总有很强的注意力。人类对简洁的形态具有偏爱心理的原因是复杂的。有一种观点认为，人对简洁的形态具有倾向性是生来俱有的，是一种天性。因为人所生活的世界就是一个充满简洁性的球形世界，整个世界都是在一个充满简洁的原则下运行。诚如牛顿所说："自然界不做无用之事，只要少做一点就成了，多做了却是无用，因为自然界喜欢简洁化而不爱用什么多余的原因去夸耀自己。"

人在处事方式、人际社会关系等方面也总是追求简洁性。人往往在到老年时候，在经历了人生坎坷和复杂的风雨历程后更会怀念充满阳光和单纯、简单的童年生活。也有人认为简洁的形态使人对它记忆更容易。在生活中，当人们到某一地方去旅游或参观以后都很容易把某种简洁的建筑或物体描述出来，如球形的博物馆、金字塔形的纪念碑、像一艘巨轮似的体育馆、一个酒瓶似的雕塑等等。

总之，人们追求事物的简洁性从本质上看是一种顺应自然活动变化的规律。因而符合这一变化规律而衍生出来的万物形态必然受到人们来自内心的接受。

图2-1是两组不同脸形特征的比较。左边的图形由于形态简洁单纯，更容易让人接受、喜爱。

图 2-2 是两个暖气装置比较，左图的暖气装置，其控制面板十分复杂。而右边的控制面板设计得较为简洁，产品形态看上去更具吸引力。

图 2-3 中的上图是一款由 Tufocas 公司生产的数码投影仪，与传统的机械式幻灯机（下图）相比，功能优越、操作简便、影像效果更好。此外，由于数字技术的运用，使机身的设计更为简洁整体，在形态上更具吸引力。

图2-2

图2-3

二 简洁的产品形态具有时代特征

从产品形态的发展趋势看，产品形态正向简洁的方向发展。图 2-4 显示出了电话机的发展历程，随着社会和科技的飞速发展，电话机也从过去十分繁复的形态逐渐向更为简洁、单纯的形态演化。

过去产品形态的复杂性并不是说明当时人们不喜欢简洁的造型，其中很重要的一条原因是当时产品在生产和工艺上的限制，迫使人们去接受视觉上较复杂的产品。随着科学技术的发展，产品的机构变得更为简洁，生产工艺更为精密，功能更具效率。加上现代生活、环境、工作方式等方面的变化，使人们对产品形态方面的企求逐步趋向简洁性。

"精于心，简于形"是著名的飞利浦公司根据当代社会特征推出的最新市场营销策略。通过 100 多年在世界市场的风雨历程，飞利浦公司最终意识到了"简洁"的真正内涵和价值。他们认为："社会愈发展，科技愈先进，人们愈渴望得到最简洁的产品或服务。"因此，"精心向市场提供最为简洁的产品和服务形式"便成为他们制定企业营销策略的基本理念。

图2-2 两个暖气装置形态比较
图2-3 数码投影仪（上图）；传统的机械式投影仪（下图）
图2-4 电话机形态的发展趋势

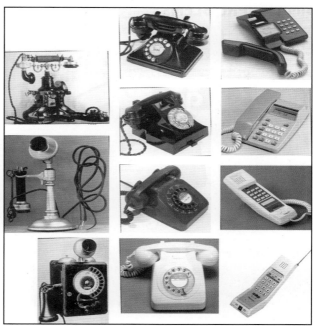

图2-4

图2-5 是一辆现代城市观光缆车。缆车的形态采用十分简洁的椭圆形状，加上不锈钢和透明材料的运用，使整个产品充满现代气息，并能很好地与现代都市背景融合在一起。

图2-6 至图2-9 是一数字化产品，由于数字技术的运用，彻底改变了传统产品的形态结构。这些产品除了有较好的使用功能以外，在形态上都有一些共同的视觉特征，即形态简洁整体、结构单纯明确、线形清晰流畅。整个形态不仅反映了设计思维理性与感性的高度融合，同时也折射出产品所蕴含的高科技时代特征。

图2-5 城市观光缆车

图2-6 数码相机(英国)Ross Lovegrove 设计

图2-7 家庭电子购物笔记本(英国)Tangering设计公司

图2-8 CD机

图2-9 CD收音机（丹麦）David Lewis

图2-6

图2-7

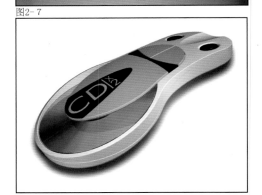

图2-8

图2-5

图2-9

三 简洁的形态具有美感

在现实中我们发现，具有一定规律秩序性的形态一般都具有美感，如一些简洁的几何形态，或具有黄金分割比例的矩形，等等。相对于一些无规律可循、杂乱复杂的形态，这些几何形态共同的特点是具有简洁性。但是，简洁并不等于简单。简单的形态只能给人单调乏味的感觉。而简洁是单纯的体现，简洁中往往蕴含着丰富的内涵。有时，一件外观上看似复杂的产品也能给人简洁的感觉。如一辆流线型的汽车：它由四个轮子和复杂的车架所组成，在车身上有车窗、门、把手、侧视镜、散热孔、车灯等部件，甚至尾部还可能装有空气导流板，但它看起来仍可能是十分简洁的。加拿大心理学专家 Daniel Berlyn 通过人对形态复杂程度的视觉感受提出了著名的视觉偏好曲线图（表 2-1）。从图中我们可以看到，形态太简单和太复杂对人产生的吸引力和愉悦感都较差，而视觉复杂程度中等的形态则能较好地产生吸引力和愉悦感。这一理论也正好证明了这一点，简单的形态缺乏内涵，容易使人产生单调乏味的感觉。而形态太复杂，违反了人们喜爱单纯形态的心理特征。因而只有中等复杂程度的形态才有可能具有单纯而不单调、复杂而不累赘的视觉效果。这也说明了为什么我们在进行产品形态设计时，既要追求形态的简洁性，同时还要十分注意产品细节的原因所在。

这是一款由南非设计师 Keith Helfet 设计的跑车"Roadster"（图 2-10），2000 年获英国伦敦汽车展设计奖。车身被设计成流线型，简约，整体又不失其丰富的细节，整个形态给人以一种流动的美感。

图 2-11 是一套音响装置，外形采用了几何形态，通过有机的组合将大面积的切面和曲面结合成一个整体。整个形态显得干净、简洁而富有特征，个性中流露出单纯的美感。

图 2-12 是 LG 公司生产的一款吸尘器。为了使产品的形态更加简洁，该吸尘器的设计师将出风口安置在机身的侧面。同时配有环形的提手，不仅能使操作者十分容易地搬动吸尘器，同时也进一步强化了机身形态的统一感。操作控制面板的细节设计得十分精致，使整个形态看上去十分优雅大方。

表2-1 视觉复杂程度和吸引力曲线

图2-10 跑车Roadster

图2-11 音响装置

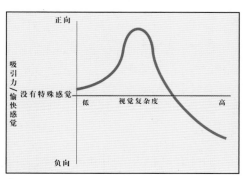

表2-1

图2-10

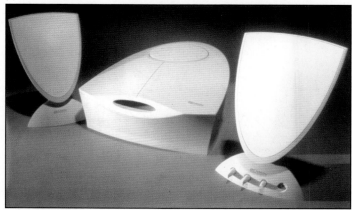

图2-11

图2-13是一套数字化家庭娱乐系统。简洁的外观形态和恰当的细部设计使形态呈现出高科技的美感。

图2-14是一台外接移动式cpu光盘驱动器，形态简洁。整个机身仅重3公斤，使用者在操作和携带方面均十分方便。在形态设计上，设计师打破了传统电子产品方盒子式的形态结构，将机身设计成具有"扭动"的感觉，创造出了简洁而丰富的美学效果。

图2-12

图2-12 David真空吸尘器

图2-13 数字化家庭娱乐系统

图2-14 外接移动式cpu光盘驱动器

图2-13

第二节　整体性

在形态感知过程中，有一个非常著名的原则称为"整体意象优先"（Primary global precedence）。这一原则有三个含义：(1) 视觉前期所感知的形态是整体的而不是视觉形态中的细部。(2) 它发生在视觉感知形态的最早阶段。(3) 它比后续的注意力专注阶段具有优先性。

图2-15是心理学家用来测试这一原则的图例。这是一幅视觉意象暧昧的图形，它可能是一位年轻女郎的侧面、颈部、脸颊和肩膀，也可能是一位老妇人的脸部特写镜头。但由于整体意象优先性的缘故，我们无法同时感知两个不同意象的图形。当我们心中倾向两个意象的任何一个时，整体意象的优先性就已被决定。接着，我们可以继续去检验更详细的部分。如当我们第一眼感知的是一位年轻女郎时，我们就可以进一步看到她的脸颊曲线、项链、头巾和裘皮外套的衣领等等。如我们第一眼感知的是一位老妇人，呈现在我们面前的形态就会是另一种景象：老人的鹰钩鼻、突出的下巴，下陷的嘴和忧愁的眼睛。

整体意象优先原则使我们意识到，形态的整体性在人们的视觉过程中十分重要，因为它在人们感觉时起到优先作用。反过来讲，一个形态只有当它的整体感觉具有吸引力时，人们才能被它所吸引并发生对其细部的视觉活动。就如我们在美术展览馆中浏览画展时突然会被某一幅画深深地吸引住，然后会驻足画前，细细品味起线条、色彩、笔触等细节。

了解了视觉活动中"整体意象优先"原则，并不是说明产品的形态设计只要注重其整体而不必考虑它的细节。事实上恰恰相反。因为在产品形态中，细节是组成整体形态的首要条件。没有细节也就不可能产生出整体的视觉形态。从美学特征上讲，产品形态的整体性主要强调产品细部必须在统一的美学原则下达到有机的统一。

一件在视觉上具有整体特征的设计不仅能给用户留下美的感受和深刻印象，同时也反映出了原本设计应有的本质。奥地利格拉茨艺术大学院长 Anddreas Dorschel 曾对设计的整体性有过精辟的论述，他认为："成功的产品设计，则要求明确产品中的每一个元素并将其视为一个整体来设计，而且这种设计还应当排除任何干扰，将其意图清晰明了地传达给使用者——设计师也应该从整体的角度来构思自己的作品，衡量的首要准则应当尽可能提供一个清晰无误的产品外形。"

具有整体性的产品形态往往有以下的特征：

（1）整体产品形态特征明确、简洁、个性化强，能给人较深刻的视觉印象。

（2）产品形态细节丰富，但各部的形态变化均有一定的内在联系，使之能形成视觉上的统一。

（3）产品能给人的第一感觉是产品的整体特征而不是哪一个细节。

图 2-16 是一款由日本东芝公司生产的家用气旋式无线吸尘器。整个机身重量只有 1.8 公斤。吸尘器的把手和控制开关完全按人机工程学原理设计，使使用者能轻松自如地进行操作。在产品形态设计上完全摒弃了传统的吸尘器概念。吸风管和机身形成一个整体的圆形，使形态更加简洁、轻巧。整体而具有个性的形态不仅能给人以新的视觉感受，同时也折射出设计师对现代生活形态的态度与理解。

图 2-17 是由英国 Seymour Powell 设计公司设计的一款吸尘器。虽然吸尘器的结构仍沿袭了传统形式，但通过设计师整体的现代设计手法，并删除了一些多余的部件，使产品形态更为简洁整体，个性也更为突出。具有理性化的细部处理使整个产品形态散发出迷人的现代气息。

图 2-18 是一款利用电解式清洁衣服的概念洗衣机，衣服还可以利用它的内置设备烘干。简洁而整体的产品形态能使它与家庭中的其他家用器具取得良好的协调而不失其现代视觉特征。

图2-16

图2-17

图2-15

图2-18

图2-15　暧昧的视觉图像

图2-16　气旋式无线吸尘器

图2-17　真空吸尘器　（英）Seymour Powell 公司设计

图2-18　电解式洗衣机

随着当今现代社会生活形式的变化，家庭厨房正发生着悄然的变化，一些厨房用具的形态正逐步趋向简洁化。设计师在设计厨房用品时，除了考虑产品本身应具有的使用功能外，对产品与其他物品及厨房环境的协调性尤为关注。图2-19是由日本大象公司设计的电饭锅，设计强调了形态的整体性，电饭锅被设计成一个简洁的立方体，既形成了独有的个性特征，同时又能很好地与厨房内其他产品形成协调统一的视觉效果。

传统的燃气厨具往往由较复杂的结构部件所组成，而这些部件（如锅架、积水盘等）不仅造成视觉上的累赘，同时对清洁工作也带来许多不便。图2-20是由德国设计师Jerszy Seymour设计的煤气灶，形态十分简洁、整体，清洁起来十分方便。基于整体性设计的产品形态不仅能更好地优化操作，同时也形成了本身独特的风格特征。

通过设计，力求使产品表现出整体视觉效果，这也是在家具设计中反映出的现代设计手法。图2-21至图2-23是一组个性十分明确的家具产品。尽管它们具有各自的使用功能，但所反映出的形态十分简洁、整体，其独特的视觉魅力会给人们留下深刻的印象。

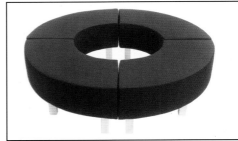

图2-21

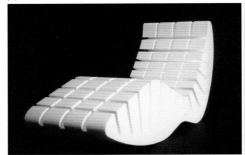

图2-22

图2-19 电饭锅(日本)大象公司

图2-20 燃气灶(德)Jerszy Seymour

图2-21 沙发凳(瑞士)Bjorn

图2-22 椅子 Michael 设计

图2-23 一组床头柜

图2-19

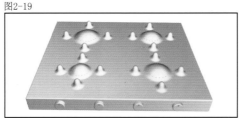

图2-20

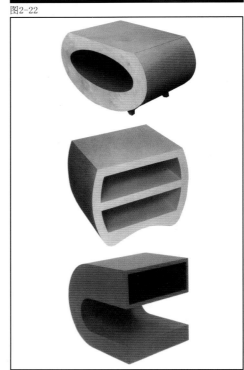

图2-23

第三节 细节

在前面提到产品形态的简洁性和整体性是当代产品的重要的美学视觉特征，但这并不意味着在设计中就可以忽视产品的细节。事实上，产品细节与强调产品的简洁性、整体性同样是十分重要的。如果说，强调产品的简洁性和整体性是为产品形态的个性化构建了一个基本的骨架，那么，细节设计就好比是为这个骨架穿上了一件合适的外衣。细节设计是赋予产品灵性的神来之笔，它有时决定着产品成败的整个命运。ZIBA 设计公司总裁 Sohrad Vossoughi 曾说过："最好的设计战略是为了获得新奇感，尽可能使你的产品形态远离熟视的东西，但同时要通过细节的设计，加强优雅、和谐的感觉，使常规的东西接近细节。" Sohrad Vossoughi 的这段话不仅很好地诠释了细节与整体的关系，同时也说明了细节在设计中的重要作用。

在现实中我们会常常看到这样的现象，一些产品形态初看也具有一定的特征，但细细品味，总觉得缺了些什么，看的时间越长就越觉得它们枯燥乏味，这就是缺失细节的表现。而一些优秀的产品，除了它们有良好的功能外，在形态上总能给人带来一种独特而丰富的美学效果。

产品形态感知是人们美学意识的反映。对产品的美学观感，如丑与美、俗与雅、简单与单纯、琐碎与整体，它们之间没有绝对的分野。设计师在表现他们对产品的美感期望时，稍有不慎就有可能走向愿望的反面，导致"差之毫厘，失之千里"的结果，在产品细部设计时尤为如此。好的细部设计能丰富产品的美学效果，反之，则有可能形成产品形态凌乱、繁缛、缺乏整体和美感的结果。

综上所述，产品细节设计是增强产品生命力、丰富产品形态视觉效果的重要手段。产品细节设计与设计师对视觉美学规律的运用关系十分密切。因此，在产品形态的细节设计中，除了要不断提升设计者个人的审美修养外，还要遵循以下的基本原则：

（1）在形态设计中，必须本着先整体后细部的原则，切莫在设计的一开始就囿于细节的考虑之中而丧失许多好的形态寻觅机遇。

（2）细节设计的目的在于强化和丰富这一产品形态的个性特征，而不是破坏和削弱这一特征。

（3）细节设计要服从于产品的使用功能。通过设计使功能部位更突出，使用更合理。

（4）细节设计中通常运用各种艺术的对比手法，如材质、色彩、形状、体量、空间、位置等对比，来达到视觉上的美感。

图 2-24 是美国 Fiori 产品设计公司为 Labtec 公司设计的两款支持网络电话的话筒。在设计的一开始，他们对该产品进行了定位，认为这是一个由 PC 机支持的普通产品。产品应具有简洁性和个性化的特征。由于产品形态单纯，且市场中大部分的同类产品形态基本相似。因此，如何在众多的产品中脱颖而出成了摆在设计公司面前的最大困难。最后，公司设计师通过共同努力，在 100 多个设计创意中选择了两款作为产品的基本形态。在基本形态确定后，设计师利用了较多的时间对产品的细部（特别对话筒的底部、口部、音孔等部位）进行了深入的设计，最终完成了现在这样的产品形态。产品上市后，获得了巨大的成功。拿设计公司负责人鲁登的话来说："产品的成功说明了细节设计尤为重要，正是我们无数个细节设计方案，使我们与竞争对手的产品区别开来，并达到了与众不同的产品质量和形式"。

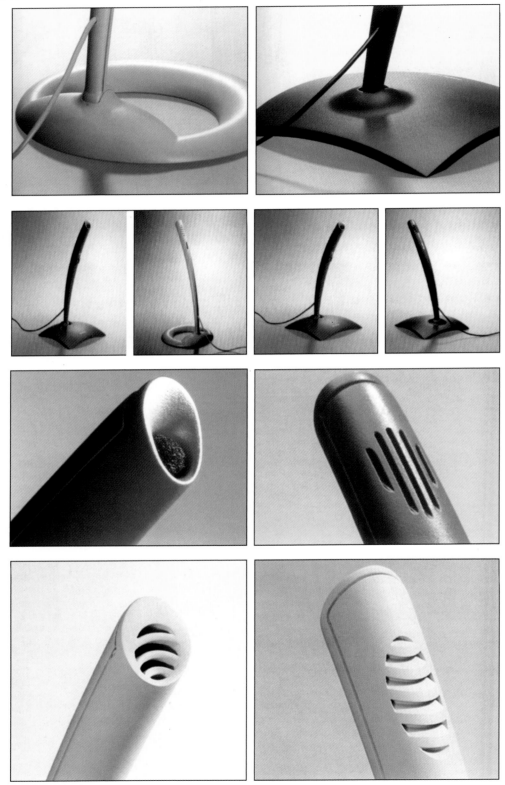

图2-24 Labtec Verse504桌面话筒及其细部设计

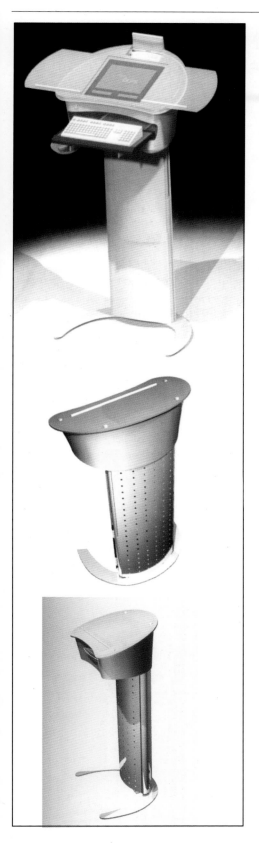

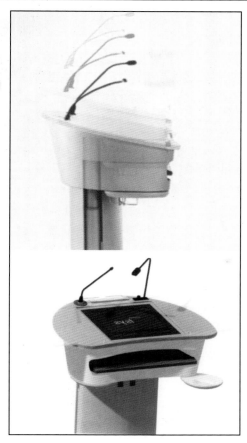

图2-25 Wharton讲台及
其细部设计（左下、右
上）

图 2-25 是由 KI 公司为宾夕法尼亚大
学袄顿商学院礼堂设计的讲台。这个设计
成功地打破了传统讲台刻板、老套的形式，
创造出一种现代、时尚而不失优雅的讲台
风格。

这一设计的成功除了要归功于设计师
大胆采用现代有机形态外，还得益于完美
的细部设计。为了满足演讲时电子文件的
使用，设计采用了嵌入式电脑和抽拉式操
作键盘。主体可调试结构能满足演讲者不
同的高度。为了使整个讲台显得轻盈而具
有现代气息，讲台主体材料选用了粉末涂
层的铝塑板。后部应用的穿孔钢板，使细
孔与体量形成强烈反差。独具匠心的底部
弧形形态设计，不仅满足了讲台的稳定，
同时也与主体台面形态形成了有机的呼应。
设计师通过对各部细节的精心设计，使讲
台的形态更具个性，从而也使这一大学现
代知识传播工具的内涵获得了更好的诠释。

图 2-26 是由 Hauser 公司为 NEC 公司设计的一款家用桌面计算机。设计将液晶显示器和主机有机地结合成一个整体。机身后部采用了具有节律的曲面造型，与机身底座形态形成了视觉上的呼应，同时也使整个产品形态显得更为小巧和灵动。设计师通过对光盘驱动器、电缆线孔位置、散热栅格和音孔等细部的深入设计，不仅满足了产品功能上的需要，同时也创造出了丰富的视觉效果。拿设计师 Kevin Clay 的话来说："尽管设计得很精细，但它既不是一个玩具，也不是一件陈设品，其优雅的外形能与整个家庭环境融合在一起。"

图2-26　NEC家庭用计算机的形态与其细部设计

第四节　创新性

创新是社会发展的基本动力，也是人的一种天性。

创新除了能满足人们追求新事物的心理欲望外，具有创新的事物形态也最具吸引力。图 2-27 是一组具有变异特征的平面图案，其中的变异部分显得最突出，最能抓住人的视线。变异则意味着打破常规，实质上就是追求创新。上述的视觉现象在现实生活中也会经常发生。如置身于商品琳琅满目的商场中，对于那些司空见惯、习以为常的商品我们常常会无动于衷，当有一个非常新颖独特的商品突然出现在我们的眼前时，我们的视线就会立即被它们所吸引。因此产品要具有吸引力，其重要的一个原则是产品形态必须具备创新性。

当然，通过产品形态的创新来获得人们的吸引力仅仅是设计的第一步。要使产品的形态最终能打动人们的心，产品形态除了新颖外，还必须具有美感。缺乏美感的创新只能给人怪诞和莫名其妙的感觉，其吸引力也只能是短暂的。

艺术的真谛在于创造。而创造的目的是奉献给大众一份美。产品的形态创意亦应如此。因此，设计师在追求形态的创新性时，必须运用视觉设计的规律，使设计出的产品形态在具有创新性的同时具有美的感染力。

图 2-28 是一组具有创新性的产品形态，如好像天外来客的咖啡机、含苞欲放的厨房秤、沉钩弯月似的收音机，这些与传统产品截然不同的形态以其特有的创新内涵，散发出无穷的魅力。

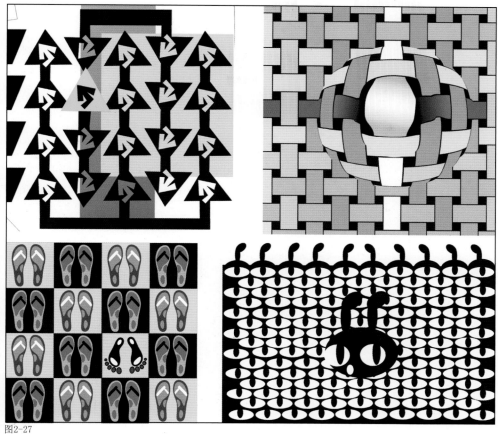

图2-27

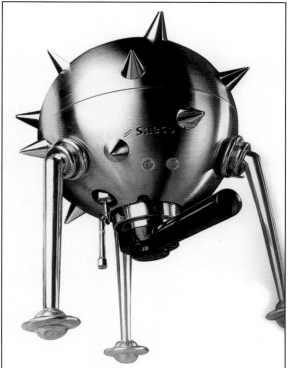

图2-29

图2-27　一组具有变异特征的平面设计

图2-28　咖啡机

图2-29　牙签盒

图2-28

图2-30

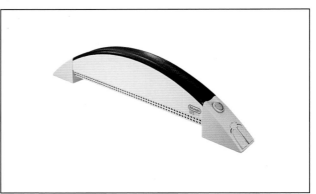

图2-31

图2-30 家庭厨房用秤

图2-31 无线收音机

Practice 练 习

以手机为例，试分析企业老总、职员和学生对产品形态特征的差异性。

3

产品形态创意的思维特征

产品设计的核心是创造，因而产品形态设计不应在固有和模式化的思维状态下进行。产品形态的创新必定是设计思维与方法的创新。

第一节　加强创造意识

创造的基本前提是创造者必须具有强烈的创造意识。所谓创造意识是指在思想上有强烈的创造欲望和对一切新事物的敏感性，对新事物的追求从不满足。

诺贝尔物理奖获得者杨振宁教授说过："念书不应是学习的目的而是创造新知识、新体系的一种手段。"一个人只有具备了很强的创造意识，才能真正发掘出自身的创造潜能，最终达到创造新事物的目的。

在现代产品形态设计上，由于科技的发展和人们生活需求的急速变化，促使产品形态的更新换代宛如雨后春笋，层出不穷。在市场中我们常常能发现，即使是同一种产品，也会有几十种，甚至数百种不同的形态。这一现象一方面说明了产品形态创新的重要性和必然性，同时也会给设计带来一定的负面作用，在产品形态的创新中产生畏难心理，似乎产品形态设计已到了尽头，不可能有所突破。事实上人的创造力是无穷的，思想的宇宙是无限的。一旦我们有足够的智慧把目力投向极远，就能发现，原来我们的思维系统有这么大的神力。人一旦展开想象的翅膀，一些意想不到的结果就会奇迹般地出现在我们的面前。

我国是一个以生产陶瓷闻名的国家。几千年来，我们的祖先为我们留下了数以万计的陶瓷艺术珍品，尽管这些陶瓷艺术造型都是一些盆、罐、壶之类的日常用品，但都形态各异、互有特点，充分展示了设计者的高度创造力。在现代产品设计中，也不乏有大量的优秀产品形态的出现，这些独特的造型形式和富有创造力的奇妙构思，不仅为设计师在产品形态设计时提供

了深刻的启示，同时也告诉我们，在产品形态创意中，创造的空间依然是无限的。只要我们具备强烈的创造意识，就有可能获得良好的创造成果。

综上所述，创造意识的确立，首先是思想观念的转变。作为一名设计师，充分认识到以下两点对确立和加强创造意识是十分有益的。

（1）不要仅仅满足于把事情做好，关键是要做得不同凡响。

（2）不要迷信过去的东西，事物总是发展着的。任何事情都有被改善或超越的可能。

第二节　打破思维定势

人们在生活中通过一定的处事或实践都会慢慢地积累一定的经验。有时这种经验的积累会引起一种习惯性的思维模式。如看到有人用割草机割草，就认为修剪草坪就一定要用割草机。我们坐着的椅子通常有四条腿，在设计椅子时就自然地想起要用四条腿来支撑椅子的座面。我们把这种假借以往经验、按常规的思维问题的思维模式称为是一种思维定势的思考模式。

1＋1＝2是必然的结果，但满足于这种常规的推理模式，就很难获得新的结论或意想不到的结果。尤其在产品的形态设计中，要获得好的创意或具有吸引力的产品形态首先必须冲破思维定势的束缚。一味地墨守常规或照抄照搬别人的东西都不可能获得好的创意。

要打破思维定势，除了在思想上要树立敢于突破习惯思维模式的创造意识外，还可以借鉴一些创新思维方法来获得设计方面新的切入点。下面介绍几个在创新设计中常用的方法。

一　逆向思考法

逆向思考法是把常规的思维逻辑倒过来进行思考。如当人们习惯于把冰箱的冷

冻室放在冷藏室下面时，海尔公司将这两者倒过来，创造出功能合理、使用更加方便的冰箱形式。

倒三角形在视觉上通常被视为最不稳定的形态，极少被设计师应用于产品形态设计之中。但一些设计师正是利用了这种不稳定感所造成的视觉冲击力，将这些倒三角形创造性地运用在产品形态中，创造出了新颖而独特的产品形态（图 3-1、图 3-2）。

图3-1

二　假释法

这是利用各种假释来打破传统思维的方法。如传统的椅子结构都有四条腿来支撑椅子的座面。在设计中，我们可以通过各种假释，如"三条腿行不行、两条腿或没有腿行不行"，以如此来获得新的产品形态。再如传统的酒瓶，只能用来装酒，假如它能发光，是否可成为灯具，以此来扩展设计师的思路。

图 3-3 是一组香水瓶的形态。传统的香水瓶离不开"瓶"的概念。但通过设计师的创新设计，虽然传统的概念已相去甚远，但在这些极具个性化和富有创意的设计中，我们仍能感受到产品所赋予的那种高档与时尚的感觉。图 3-4 是一个独特的椅子设计，在保持其应有的"坐具"功能前提下，其结构形态和一般的椅子已大相

图3-2

图3-1　沙发

图3-2　茶几

径庭了。图 3-5 是用一组瓶子做成的台灯，产品的形态出乎意料，但又合乎情理。上述这些产品形态个性鲜明，非常有新意。通过这些形态，我们除了能感受设计师强烈的创新精神外，更多的是体验到他们卓越的设计思维。在这里，创造性思维的巨大魅力被展现得淋漓尽致，这些具有强烈创新内涵的产品形态无不告诉我们，只要善于思考、勇于探索，一些似乎看起来难以想象到的形态也可以变成现实。

三 极限思考法

极限思考法是指在设计思维展开时，尽量向产品特性的两个极端方向设想，以此来打破思维定势，如产品形态的大与小、高与矮、长与短、柔与刚等等。通过对这些相对两极特性的思考来获取形态创新的可能性。前几年市场上出现的袖珍电视机，到目前流行的超大屏幕电视机等产品，皆是这方面的例子。

图 3-6 是一款超大屏幕电视机，其硕大的体量及大尺寸屏幕与以前小巧的电视机形态形成了极大的反差。

图 3-7 是一款轿车内使用的冰箱，由于体积极小，不仅在功能上满足了特种需要，同时也创造了一种新的冰箱形态。

图3-5

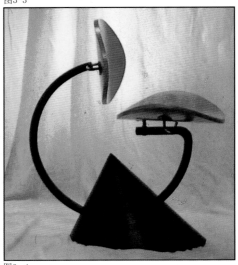

图3-4

图3-6

图3-3　香水瓶的创新形态

图3-4　创新的椅子结构形态

图3-5　台灯

图3-6　超大屏幕电视机

图3-3

图3-7

图3-7　轿车内使用
的微型冰箱

图3-8　具有M形船身
的意大利威尼斯运河
交通汽艇

图3-8

四　借助外力

通过外力来突破自己的思维定势是设计中常用的一种创造方法。

在产品形态创意中，有人发现，大多设计师对最初产生出来的一些产品概念或产品形态往往具有偏爱感；这实际上就阻碍了设计思维的进一步扩展。这时，就需要借助外部的力量来打破自身思维上的局限性和满足感。常用的办法就是利用"头脑风暴法"或向其他人讲解自己的设计理念，请别人对你的设计提问题、提建议。因为不同的知识背景、不同的思维方式极易引起思想的碰撞，重新激发创造思维的火花。图3-8就是一个借助外力实现设计目标的例子。

帆板运动是一项技术动作要求很高的运动，许多帆板运动爱好者都知道有这样一句警告："无论如何不要在浅水里放下中插板，靠岸时得把它拉起来"（中插板是船体下方可调整吃水深度的板，在深水中放下来，可平衡船体）。尽管有了这样的警告，但仍有许多人搁浅在海滩上，甚至连最有经验的玩家有时也会有失误。由于驾驶帆板要记住类似许多的条条框框，且稍有不慎就会失去平衡而掉进大海中，使许多人对这个充满激情而又神奇的运动望而却步。

"如何来简化运动中的操作步骤，增加帆板的稳定性，使帆板运动变得更加容易，并让各年龄阶段的儿童和女性也介入进来"是 Mangia Onda 公司威廉·姆·伯恩斯和他的设计团队在设计 Wahoo 帆板时的设计目标。

设计帆板的最大问题是要解决帆板的稳定性。这时，设计团队注意到了行驶在意大利威尼斯运河中的交通汽艇。这种船有一个 M 形船身，它能利用船身两侧裙摆状的结构截住涡流，因而形成一个气垫，穿过两边与船体等长的凹槽，让船体悬浮在水面上。这种设计不但能将船体形成的尾波减到最小，而且还能增加稳定性（图3-8）。

Wahoo 帆板的主体设计几乎是完全借用了交通汽艇 M 形船身的结构和设计原理，使最终的设计结果大大地超出了设计组的想象。通常，当帆板逆风航行时需要用中插板来调整风压角，以抵抗船帆两侧的推力而保持帆板的平衡。当 Wahoo 帆板采用了 M 形的船体结构后，帆板两侧的裙状结构和中间凹槽中的凸出部分增加了帆板底部的吃水深度，并提供了动力学上的稳定性。这一设计不仅可以省掉中插板、简化了运动的操作难度，同时也使帆板在行驶中更稳定。

Wahoo 帆板设计的成功也反映出在设计中借鉴其他设计的成功经验和设计原理不失为一种有效的方法。尽管在设计中要立足于创新，但创新不排除借鉴别人有用的知识。善于吸收外部知识和借助外部力量，可以使我们的创新之路走得更远（图3-9）。

图3-9　Wahoo帆板

第三节　实现多元化思维

不少事实证明，人的思维模式与所接受的教育有密切的关系。如学习理工出身的人，所学的内容和数字、计算、推导等有关，因此一般习惯于逻辑思维的方式，步步推理，求同性强。这种思维特征是线性的、步进的和理性的。而学艺术的人，由于在学习中大量接触到形状、空间、几何尺度等感性方面的内容，因此大都习惯于形象思维的方式，对形式的重视大于对结果的重视，求异性强。这种思维的特点是非线性的、跳跃式的和感性的。

在前面谈到，产品形态既不是一个纯艺术品，但也绝不是一个冷漠的、缺乏美感的机器生产的产物。产品形态应是当代科技与艺术结合的体现。在产品形态设计过程中，设计师的思维活动必定包含着对科技因素的理性思考和对艺术形态的倾情追求。因此，在对产品形态的创意过程中，光靠严密的逻辑推理或理智的分析很难获得具有感染力和出人意外的形态结果。同样，仅仅一味地依靠对艺术的冲动也不可能得到科学合理的产品形态。此外，产品形态创新是一个十分复杂的过程，它除了包含逻辑思维与形象思维的反复交替与协调过程外，还包括了直觉、灵感、顿悟等出现的非常规思维现象。

综上所述，产品形态设计中的思维活动必须采取多元思维才能达到较好的创新效果。产品形态创意必定以思维方向上的求异性、思维结构上的灵活性、思维进程中的突发性、思维效果上的整体性、思维表达上的新颖性以及思维模式上的多元性成为它的综合思维特征。

图 3-10 到图 3-13 是一组现代产品。这些产品的共同特征是形态新颖、简洁、个性突出，精致富有条理性的细部刻画凸显出了产品的高科技美感。从产品外部形态所表现出的内在精神特质使我们能从中深深感受到设计师对艺术所追求的那种热情与冲动以及对科学技术所赋予的理性思考。

图3-12

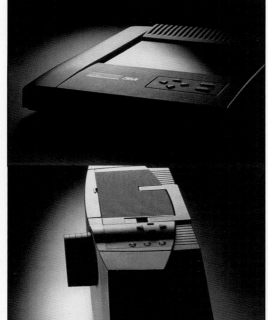

图3-10

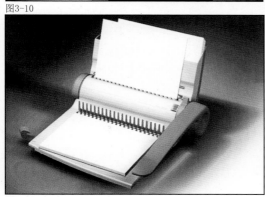

图3-11

图3-13

图3-10　3m视觉系统多媒体转播器(信息显示器)

图3-11　多功能装订机

图3-12、图3-13　无线收音机天线

第四节　抓住创造的机遇

许多人都有这样的体验，在产品形态设计过程中，在苦苦构思了一段时间以后，可能仍找不到满意的设计效果，在真正感觉到"山穷水尽疑无路"时，突然在脑子里会闪现出一个新的想法。如果把这种想法迅速地捕捉下来，可能产生意想不到的效果。我们常把这种现象称之为灵感。

灵感是创造发明中最为神秘的现象。虽然我们对灵感现象尚未有确切的解释，但至少灵感的现象在一些创造过程中是确实存在的。同时，灵感的出现也是有一定条件的。一些经验和事例证明，灵感是创造者对某些问题经过艰苦和长期的反复思考后，在大自然环境和生活中某些现象的启迪下发生的顿悟现象。因此，在创作或设计过程中，不经过艰苦的思维和寻觅过程，要想期待灵感一朝出现是不现实的。

一些实践证明，灵感的出现和个人的知识、经验的积累也是密不可分的。就产品形态创意来说，设计师要借助具体的形状来表达自己的设计概念，如果设计师平时具有丰富的形态知识方面的积累，形态的资料在头脑中储存多了，在思考形象时，形态就会像泉水一样很自然地流淌出来。因此，灵感的出现也必须依托于设计师平时形象资料的积累。

灵感的闪现实质上是创造机遇的出现。在产品形态设计中，一些好的设想，具有创见性的方案往往像闪电般的昙花一现。因此，当某种好的想法出现在头脑中时，要迅速地将它捕捉下来，否则错过机会，有可能再也想不起来。丹佛企业咨询专家和思维过程学者霍华德·龙格曾经说过："每个人都会错过创造性的思维，普通人错过是由于他们不习惯于这个模式，有创造力的人错过是由于他们脑子里这类事情过分拥挤。"他为了使人们能及时地抓住创造的机遇，提出了下列十条提示。鉴于产品形态创意的思维特征，这十条提示对于设计师来说同样具有非常重要的参考价值。

(1) 手边经常要有铅笔和纸。

(2) 从来不要认为这个想法是如此的好，所以我不会忘记它。

(3) 当有什么好的想法出现时，随时记下来，并写个概要。

(4) 无论你在做什么都要停下来，并集中思考这个问题。

(5) 新想法是特别难记的，因为你没有再现它的基础。

(6) 新想法往往也是具有风险性的想法。人是不会自然地承担风险的。如果你不刻意地记住它，就会忘记这个想法的。

(7) 不断地面向未来，写下整个方案、市场、颜色和形状。详细讨论细节，这样可以消除不利的因素。

(8) 在思维的早期阶段不要去分析"为什么"，保持"创造——肯定——实践"这一模式的不断运作。

(9) 冷静。在第二天审查你的想法。要做好笔记，这时不是努力回忆，而是审视整个方案。

(10) 创造性思维只是技巧、训练和实践的问题。

图3-14是设计师在平时收集到的一些立体指示牌的形态。随时用速写的方法记录身边所发生的一些事或形态素材。这一方法能帮助设计师在大脑中逐步积累各种立体形态，增强对形态的思维能力。俗话讲"书到用时方恨少"，产品形态设计也一样。没有平时的积累和准备，好的形态很难在头脑中出现。

图3-14（a） 用速写方式
收集到的立体形态素材

图3-14(b) 用速写方式
收集到的立体形态素材

Practice 练 习

以5-6人为一小组进行头脑风暴，试对一常用产品(如手机、MP3音乐播放器、
文具等)根据现代生活特征提出全新的产品概念(用文字描述)。

4

产品形态构成的基本原则

在产品形态创意阶段，设计师往往会由于过多考虑各种对造型的制约因素而导致思维上难以突破传统的产品概念。对此，在产品形态创意中遵循一定的设计原则将有利于设计师较好地克服这一困难，并能较快地对产品形态进行设计定位，创造出较好且能满足消费者所期望的产品形态。产品形态构成的基本原则如下：

第一节 产品语意特征的适当表达

随着科学技术的飞速发展，人类社会迎来了电子技术新时代。产品形态设计在实质和内容上都发生了很大的变化。超大规模集成电路、电脑程序化控制正逐步取代机器内运转的机械构件。造型依附于产品内部结构的程度变小。产品造型愈来愈趋向小型化、薄型化、盒状化、板状化。随着这一产品形态发展的趋势，同时也带来了"造型失落"、"人机疏远"等问题。千篇一律的产品形态使操作者感到无所适从。

但在现实生活中，一件好的产品，首先必须通过自身的形态特征，能明确无误地告诉消费者它是具有何种功能的产品、它的功能是否被充分地发挥出来、操作者如何来使用这些产品。要解决这些问题，设计师在产品形态创意中就必定会涉及如何来适当地表达产品形态中的语意特征。

所谓产品语意(product semantics)是指设计师通过设计语言的表达（如外形、结构特征、色彩、材料、质感等），形成对产品在视觉方面的暗示，以取得使用者对产品在社会层面、心理层面及使用层面等方面的理解。总之，产品语意在形态设计中的运用能使使用者更好地了解和使用产品，达到产品更好地为消费者服务的目的。

在产品语意学中所传达的语意内容中，通常包含两种含义的内容，即明示意和伴示意两类：

1. 明示意

明示意是指在产品形态要素中所表现出的"显在"内容。即由产品形象直接说明产品内容本身。通过对产品材料、结构、形态，特别是特征部分和操作部分的设计，表现出产品含有的物理性、生理性功能价值。如产品具有什么样的功能，如何进行正确操作，安全、可靠性如何，在什么环境中使用，等等。在表达这方面的形态语意时，可从下列几个方面加以考虑：

(1) 反映操作功能方面的形态语意：操作方式、操作界面、操作空间、操作环境等。

(2) 反映物理功能的形态语意：动力、能源、散热、隔热、振动、摩擦、光学、空气动力学、流通力学、电子等。

(3) 反映机械、传动结构形态语意：齿轮传动、带轮传动、凸轮传动、链条传动等。

(4) 反映运动特征的形态语意：摆动、滑动、滚动、移动、流动、摇动、转动等。

(5) 反映安装结构功能的形态语意：拆卸式、螺旋式、悬挂式、开放式、闭合式等。

(6) 反映结构形式的形态语意：榫接、插接、铰接、粘接、焊接、螺旋连接等。

(7) 反映指令输入，显示功能的形态语意：显示屏、显示窗、信号灯、指示灯、仪表盘、按钮、旋钮、键盘等。

(8) 反映化学防腐蚀功能的形态语意：电镀、喷砂、抛光、拉丝、喷漆、烘漆、氧化、蚀刻等化学处理。

(9) 反映加工工艺的形态语意：机加工、铸造、注塑、吸塑、压制等。

(10) 反映材质的形态语意：金属、塑料、木材、玻璃、陶瓷、织物、皮革等。

2. 伴示意

伴示意是指在产品形态要素中不能直接表现出来的"蕴涵"的内容。即由产品形态间接地说明或表示出产品的内在含义。这也是指产品在使用环境中显示出的对人的心理性、社会性和文化性的象征价值。例如当人们看到某种产品形态特征时，在心理所产生的诸如"高雅、单纯、活泼、可爱、昂贵、低俗、丑陋"等感受，或者通过产品形态能使拥有者感到对其个性、文化、地位等方面的体现，或是通过一系列产品的形态加强消费者对企业形象的总体印象，等等。

产品形态所表达出伴示意方面的范围极其广泛，但它必须结合消费者对产品的心理体验，其内容才能真正被消费者所理解。因此，它涉及人们的感觉、知觉、情感等心理因素。设计师在表达这方面的内容时，一般会涉及以下几个与人的心理感觉有关的范围与内容。

（1）具有生命力的知觉形态语意：生长感、扩张感、孕育感、反弹感、扭曲感、舒展感、聚合感、分裂感、前进感、流动感、起伏感、跳跃感、漂浮感、发射感、上升感、旋转感、蠕动感、飞翔感、奔跑感等等。

（2）具有体量知觉的形态语意：立体感、体积感、量感、块感、悬重感、雕塑感、轻重感、开放感、闭合感、面状感、线状感等等。

（3）具有性格特征方面的形态语意：强壮、衰弱、凝重、轻落、粗犷、纤细、明朗、晦涩、刚强、柔弱、冒险、谨慎、开放、保守、传统、另类、高贵、低贱、灵巧、笨拙、率真、含蓄、幽默、呆板、严肃、活泼等等。

（4）具有时代特性方面的形态语意：现代感、科技感、渐进感、激进感、信息感、数码感、时尚感、另类感、太空感、未来感等等。

（5）具有形式美感的形态语意：对比、统一、平衡、对称、比例、节奏、韵律、重复、交错、过渡、呼应等等。

（6）具有情感方面的形态语意：喜悦、欢乐、悲哀、忧伤、平静、激动、热爱、痛恨、热烈等等。

上述介绍的两种不同的语意特征内容旨在帮助设计师进一步领会和理解形态语意的表达作用以及在形态设计定位时有相应的参考。但在具体的实践中，如何适合地运用这些形态语意所赋有的特征，通过产品特有的形态来正确地向消费者传递设计师所希望传达的信息与内容，还必须要经过长期的设计实践和经验积累。关于产品语意学方面的内容已在不少产品设计方面的书籍中都有介绍，本书就不再冗述。

第二节　企业先期产品印象的正确传递

在现实的产品设计中，产品设计在很大程度上是为消费者提供一种良好的体验或经历。如一台家用吸尘器的设计，由于吸尘是一种清除垃圾和灰尘的工作。如果这台吸尘器设计得好（如优美的外形、舒适的操作方式、和谐的色彩等），会使这种令人乏味、琐碎的家务劳动变得轻松愉快起来。有了这种经历和体验以后，当消费者再去购买这类产品的时候，总希望能在新产品身上找回过去体验的痕迹。如果对某一产品在形态设计时，将其外观作剧烈的改变，以致消费者无法辨认出它与先前所使用过或喜爱的产品有必然的联系，那么该产品在销售方面的前景将不容乐观。因此，设计师在产品的形态设计时，要对该产品的先期产品作深入的调查与分析，将先期产品中消费者认同的优势和特征适当地保留下来。

在产品形态设计上与原来产品的外观没有多大区别固然是不可取的，但让消费者感到完全陌生的产品也可能有很大的市场风险。一些成功的设计实例证明，在产品形态创新的基础上保留一些先期产品原有的视觉意象可以更好地保持消费者对该产品的信赖程度，进一步促使购买欲望。但值得提出的是，保留先期产品印象通常适用于一些在市场中已建立较好的声誉和具有一定品牌知名度的产品。对于那些在消费者心目中已失去地位，或企业想通过全新的产品确立市场地位的产品，则要通过全新的产品形象来应对市场。

诺基亚是全球手机品牌中最负盛名的品牌之一。20世纪90年代以来，诺基亚公司一直以世界头号移动电话制造商的头衔为世界所瞩目。诺基亚的手机也以其技术优良、加工精湛、形态设计融合人性化等特点畅销于全世界，全球产品市场占有率达30.6%。随着全球通信技术和信息化的高度发展，手机品牌的产品竞争也愈趋激烈。为了保持诺基亚手机在市场的领先优势，公司不得不向市场不断推出新产品。有时一个多月就要推出一款新品种，其产品开发的速度之快令同行竞争者难以望其项背。

尽管诺基亚推出的手机品种繁多，形态具有各自的特色，但为了使诺基亚的品牌形象更加统一、牢固地在消费者的心目中传承下去，诺基亚在手机的形态设计中始终保持着先期产品的一些特征。如简洁明快、浑然饱满的形体，富有感性的流畅线条，两端向上尖尖翘起的按键以及弧形大屏幕、蝴蝶结状的确认键，等等。当然，在手机形态创意中，对这些形态特征符号的表达并不是机械生硬的，而是完全结合了具体产品的功能要求和产品特点有所变化，也有所发展。但不管怎样，我们总能从诺基亚的产品中感受到它特有的那种科技内涵与艺术气质。无论你在何种场合，即使没有看到机身上的商标名称，你也能在众多的手机中一眼认出来，这就是诺基亚（图4-1）。

图4-1 一组诺基亚手机

第三节　产品品牌意象的有效传承

在当今激烈的商品市场竞争中，产品品牌对消费者的印象程度显得越来越重要。人们在选择商品时往往与产品的品牌联系起来。具有较高信誉度品牌的产品在市场销售中将确立明显的竞争优势。

企业为了加强产品在消费者心目中的印象程度，除了强化产品的内在质量外，在产品形态上往往赋予其某种视觉特征，以区别于其他品牌的同类产品。如在产品的形态设计上通过运用某种固定的色彩搭配或线型特征，或在同一系列产品中应用共同的零组件、相似的外形结构、表面外理、技术特征等。

强化产品品牌意象特征，能使企业的产品让消费者只一眼就能识别出是哪一个企业的产品或属于哪一系列的产品。这一点在一些世界汽车品牌公司的产品中表现得尤为明显。例如奔驰、宝马、奥迪等著名世界级品牌产品，尽管他们的产品已有百余年的发展历史，新产品类型层出不穷，但从他们的新产品形态中，我们仍能轻易地识别出那些产品是属于哪一个品牌。原因是在这些新产品中或多或少保持着他们原有家族的一些形象特征。再如世界上著名的飞利浦公司、索尼公司等，他们的产品都有鲜明的品牌特征，对于他们的产品许多消费者都有非常深刻的印象（图4-2）。

索尼公司是世界上著名的生产电子产品的企业。在蓝色"Sony"的旗帜下，他们成功地向世界市场推出了电视、摄像、磁带录音、音响等多种电子产品，并以其卓越的技术和一流的设计深得消费者的青睐。

为了在众多的索尼电子产品中始终蕴含着索尼卓越的品牌意象，索尼公司除了不断地进行技术创新外，在产品的形态设计方面倾注了极大的精力，使索尼产品形成了独特的视觉风格特征。相对于其他公司的电子产品，索尼产品的形态更为简洁整体、产品性格明确、功能性突出。精致的细部和具有理性化的线条，加上宜人的人机界面设计，使产品充满着理性和高科技的美感。

图4-2　一组索尼公司的电子产品

飞利浦公司是一家以生产家用电器为主的跨国公司，素有"电器王国"之称。100多年来，飞利浦公司从小到大，从生产单一的产品发展到目前生产商务电子、医疗机械等七大类型的产品，企业经营取得了举世瞩目的成效。在飞利浦的壮大、发展过程中，设计起到了至关重要的作用。

从1998年以来，飞利浦的设计从所谓的"硬件时代"（Hardware）转入了"以人为本的人性化时代"（Humanware），并提出了"High Design"的设计理念，即以围绕人为中心的高品质设计。在这一全新的设计理念指导下，飞利浦的产品融合了现代高科技技术和工业设计师、人类学者、人类工程学者等共同的智慧，创造出了一种以关怀人、服务人为宗旨的清新的设计风格和独特的视觉识别。飞利浦公司独特的设计理念和其卓越的品牌意象通过其特有的产品形态得到了有效的传承（图4-3）。

从上述两个例子中，我们可以明显地感受到索尼公司和飞利浦公司两种截然不同的产品形态特征。通过这些形态特征也充分展示出了两者之间不同的品牌意象。可以说，产品品牌意象代表了一个企业产品的风格和特征。它在整个企业的经营中是一种无形的资产，在商品竞争中是一种有效的竞争力。所以，在产品形态设计中，设计师必须要充分意识到这一点，要详细剖析哪些是确定和影响企业产品品牌意象中的重要要素，以便在新的产品形态创意中更有效地传承企业的品牌意象。

图4-3 一组飞利浦公司的产品

第四节　外观造型风格的确切把握

设计是人类社会、科学技术和文化技术发展的产物。不同时期的设计必定会受当时社会科学技术与文化的影响而带上不同时期的历史文化烙印，因而形成不同时期的美学特征和造型风格。纵观现代汽车外形风格的演变与发展历程，能帮助我们充分认识到这一点。

最早的汽车从外形上看，实际上是一种内燃机与马车的结合，在功能上也仅服务于少数贵族，作为其炫耀身份的一种工具，因而车身装饰繁多、车速不过每小时几十公里。随着社会发展和人们生活水平的提高，汽车逐步从少数有钱人的手中转变为大众拥有的代步工具。为了解决人们上班、外出等问题，汽车的速度成了人们关注的焦点。因此，到了 20 世纪 30 年代，为了提高车速、便于加工，汽车的外形被设计成流线型，整个车身也变得简洁起来。到了 20 世纪 50 年代，除了速度以外，人们对汽车提出了更高安全的要求，因此，在汽车的技术性能改进的基础上，汽车的外形采用以简洁、流畅的直线为主，整个车身给人以一种快捷、平稳的感觉。这个

时期的车身形态设计采用了在视觉上较为平稳的楔形。20 世纪 90 年代至今，电子信息高科技的成熟及航天航空技术的发展，极大地拓展了人们生活空间的范围，促使了人们生活品质的提升。因此，人们对汽车的要求除了更加快捷、安全、舒适、可靠等性能以外，又一次被人们视为是使用者身份、地位、文化素养等方面的象征。汽车形态再一次被设计成以流线型为主。然而，这种流线型风格的回归绝不是上世纪 30 年代车型的重复，而是结合了流体力学、模拟宇宙飞船、航天飞机等外形曲线，追求的是一种高科技、超时代的美感，是当今时代风格和现代生活理念在产品形态上的体现。

除了汽车以外，其他产品，诸如家具、家用电器等造型风格均随着时代的发展而呈现出各种不同的时代风格特征。下面我们可通过几个不同时期的椅子风格特征来认识产品风格与时代发展的必然关系。图 4-4 和图 4-5 分别是"有机形"设计思潮 (Orgnic　Design) 代表 Charles 在 1940-1948 年设计的椅子。有机形设计思想主张用简洁的有机形态来塑造一个能与周围环境融合成一个协调整体的产品形态。强调整体的外形特征而不拘泥于细节。在该椅子的形态设计中，设计师充分展示出其对当时形态风格特征的把握能力。通过产品本身材料、质地、色彩、比例及人机要素等方面的有机融合，突出体现了产品富有人性化和整体调和的艺术特征。

图 4-4

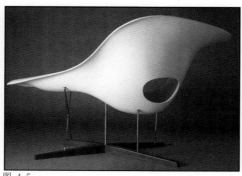

图 4-5

图4-4与图4-5　受"有机形"设计思潮影响的椅子形态

图 4-6 是德国设计师 Cerrit Rietveld 在 1918 至 1923 年（德国包豪斯时期）设计的"红蓝"椅。该设计一直被设计界视为是现代设计思潮的代表作。形态简洁明快，充满几何数学理念，适合现代工业化机器生产要求，折射出了工业化社会中人们追求艺术与技术合理结合的艺术审美特征和文化倾向。

图 4-7 是由日本设计师 Sori Yanagi 在 1954 年设计的"蝴蝶凳"。该设计受当时国际化设计风格 (International Style) 的影响。设计崇尚多文化和多元素的结合。尽管设计师的灵感来自于大自然中的蝴蝶形态，但设计师在对这一形态的提炼和再现过程中，将东方与西方的文化、传统工艺与现代技术等要素与产品形式很好地融合在一起。这一作品，也可以使我们感受到当时在产品形态设计中所追求的一种普遍风格特征。图 4-8 与图 4-9 分别是由当代法国和日本设计师设计的椅子。不同

的材质运用和独特的结构形态设计不仅展现了设计师对产品形态的创新意识，同时从另一侧面也反映出了当代产品设计所崇尚的多元文化和追求艺术个性的产品风格特征。

综上所述，产品风格代表了一个时代的社会文化特征，从一个侧面也反映出了当代人们的审美趋势。因此，在产品形态创意中，产品形态要符合当代人们的审美趋势是一个重要的设计原则。违背了这一原则，就有可能导致新产品与消费者的审美要求格格不入。

研究不同市场、不同时期的产品可以帮助我们识别和把握产品造型风格的发展趋势和特征。因此，设计师在产品形态设计前必须要做大量而广泛的社会和市场调查工作。对下列一些问题的深入研究将有助于设计师更好地达到上述目标。

(1) 有哪些产品在整体造型上受到消费者的喜爱和认同？它们的共同特征是什么？

图 4-6

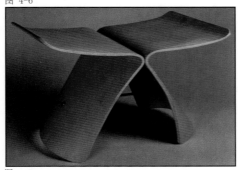

图 4-7

图 4-8

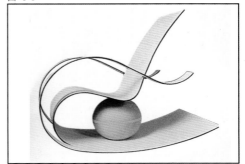

图 4-9

图4-6 受现代设计思潮影响的"红蓝"椅

图4-7 受国际化设计风格 (International Style)影响的"蝴蝶凳"

图4-8与图4-9 具有现代形态的椅子

（2）什么样的色彩、材质最受当代人的青睐？

（3）消费者在选择产品时的主要因素是什么？他们期望产品具有什么样的颜色、材料、体量、尺寸？

（4）当代建筑、服装在形态的流行趋势上与产品的风格有何种的内在联系？

（5）人们的生活习惯、方式、价值观念等发生了哪些变化？这些变化是否还要延续下去？它对未来产品在风格上会带来何种影响？

第五节　形态个性特征的充分展现

个性是相对一般的或共性的事物而言，个性就是特点。所谓具有个性化的产品是指其形态特征与同类产品相比，无论从视觉上还是从其所表露出来的精神特质上都有显著的差异。富有个性的产品，它的形象更突出，更能引起人们的注意力。

追求个性是人们在审美心理过程中的一个重要特点，是表现美的更高层次。例如，一些人为了充分表现出与一般人在文化水平、艺术气质、生活修养等方面的不同，常常在穿着打扮或选购物品时对某种形状或色彩进行刻意地追求，以显示自身的个性特征。在艺术创作或设计中，这种追求个性特征的现象尤其如此。缺乏个性就等于缺失艺术的生命力，不少艺术家和设计师为了形成自己的艺术风格与个性特征而为之奋斗毕生。

随着世界现代化进程的发展，世界各地之间的距离也随之缩短，人们在生活、文化、习俗等方面的差异也将缩小，但人们追求艺术个性的心理不会改变。特别是物质生活的极大丰富，在普遍满足生活的情况下，人们对精神生活的追求反而显得更为突出。在一些情况下，人们在选购商品的时候，不是过多地考虑其使用因素，而是在寻求一种文化、身份的体现或是某种性格特征的表示。前面所提及的果汁榨汁机已不是完全用来榨取果汁，而是用来显示主人的艺术品位和生活观念。一款数万元的高档手表并非用来计时。表面上是否有着计时的刻度已不重要，让拥有者感到时尚、高雅和永恒的情感体验已远远超越了传统的实用价值。

当今，人们追求个性特征的需求驱动也必然带来产品设计理念的变化。从过去"大批量"生产、"大众化款式"的设计概念逐步淡出到"多品种、差异化、个性化"等设计新理念的出现，充分说明了在现代产品设计中，追求和充分展现产品形态个性特征已成为设计师在产品形态创意中的又一重要原则。当然，这种个性化的设计不是一朝一夕能解决的。首先，设计师必须要对设计对象有非常深入的了解。要了解他们的价值观念、生活方式和爱好特征。其次，在继承和发展传统文化的基础上，要以创新求异的精神为先导，并辅以深厚的艺术底蕴和宽阔的设计视野，通过不断开拓思路、大胆进行实践、在长期的艰苦训练和积累的基础上才能得以形成。最后，产品形态个性特征的展现还要依靠对产品形态创新方法的领会与把握（产品形态创新的主要方法可参见下一章）。

下面是一组具有强烈个性特征的产品，它们的共同特点是形态独特、风貌时尚、线条清晰简洁，具有理性和高科技感。

图4-10是一款瑞士的"雷达"手表，整个形态简洁新颖，线条洗练流畅。金属材料的表壳和精致的表面处理彰显出现代高科技感。表带与表身的连接结构打破了传统的对称形式，给人一种既高贵而又时尚的个性特征。

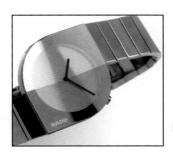

图4-10　瑞士"雷达"手表

图 4-11 是美国加利福尼亚 Astro 产品设计公司为耐克公司设计的一款运动手表。功能性、舒适性和时尚性是设计的重点。该表的形态明显不同于图 4-10 的瑞士"雷达"手表，设计师通过多变的分割线条、强烈的色彩对比，以及材料上的柔性化处理，向外界传达出具有运动个性的手表特征。

图 4-12 是一款形态介于麦克风和游戏操纵杆之间的立式无绳电话。设计师运用了大胆而夸张的设计手法，塑造出了与传统电话机截然不同的产品形态。整个产品形态流露出设计师挑战传统、追求个性化的设计理念。

图 4-13 是一组地灯，其功能主要用于晚上房间的照明。尽管功能相似，但不同个性特征的形态能满足不同性格的用户。

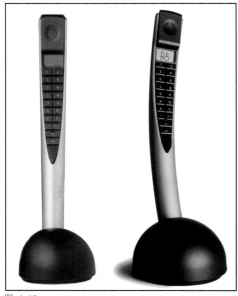

图 4-12

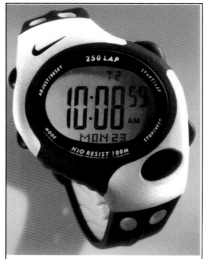

图4-11 Nike Triax 手表

图4-12 立式无绳电话

图4-13 一组夜灯形态

图 4-11

图 4-13

5

产品形态创意的基本方法

产品形态创意是一种创造性的活动。不同的设计师根据自身不同的经验和习惯会有不同的形态创意方法。事实也是如此，在产品形态创意过程中，固定和一成不变的创造模式是不存在的。而在本节所涉及的一些形态创意的基本方法也仅仅是相对的，其目的是在产品形态创意的初期活动中为设计师提供一个可循的基本规律，在这一规律中便于他们能较快地抓住产品形态创意的本质，进一步拓展设计思路和提升形态创意的质量。但要真正能获得好的形态创意结果，在这些规律的基础上升到一个新的高度和形成自身有效的形态创意方法，还必须依靠设计师自身的不断磨练，通过艰苦而长期的学习和积累。

第一节 产品形态设计的定位及方法

在产品形态创意中，首要的问题是形态定位，即要明确设计出什么样的产品形态，反映在产品的外观形态上要具有什么样的风格特征，等等。

有了比较明确的形态定位，设计师在设计该产品的形态时就有了一个较为清晰的形态表达方向，使设计的结果更能适合最终消费者的需求。

在对产品形态定位中，首先要对消费者进行深入的调查与研究。要弄清消费者的价值观念、生活方式和爱好特征等。其次，在对消费者调研的基础上归纳和明确消费者所期望的产品形态所具有的特征和美学倾向，形成对产品形态设计的定位。

产品形态定位是对大量消费者和市场信息、资料进行梳理和归纳过程。其信息收集和归纳的方法很多，如感性工学中的"SD"法和因子分析法、通过以角色定位的"角色情景模拟"法等。本书仅介绍利用制作形态看板的方法来进行形态设计定位，较适合初学者学习和借鉴。

一 制作生活形态看板

制作生活形态看板，首先要根据产品设计的内容收集目标消费群的生活形态资料。例如你正在设计一款手机，你所要确定的这款手机是给哪一类人群使用，这就是你设计手机的目标消费群。然后根据这一目标消费群，详细收集他们的生活形态资料，即他们的使用产品方式和生活方式等。从中，你也可以判别在今后可能会出现使用这一产品的未来人群。

在生活形态看板所反映出来的通常是理想中的消费者意象，所呈现出的是面对微笑、充满欢乐和享受生活乐趣的人们。在实际生活中的艰辛、工作压力和生活烦恼则很少表达出来。这是因为人们不愿意看到在新产品的外观形态中反映出这些负面的意象。

制作生活形态看板的目的，首先是要识别消费者的群体。这一群体相对应是较为广泛的。因为有时设计师会认为新产品可能只适合一种生活类型的人，而实际上很少有批量生产的产品只依靠那些狭窄的消费群体而生存。

其次，要通过对消费群体生活形态的调查与分析，去发掘未来的消费群体。因为社会的变化始终在影响和改变着人们的生活方式，而新的生活方式必定需要与之

图5-1 消费者生活形态看板

相适应的新产品形式。

最后，要从生活形态看板所反映出来的意象中识别出消费群体中个人生活形态特征和社会价值观念。设计师在收集和分析消费群体的生活形态资料的同时，一些蕴含于其中的新的生活理念也会带给设计师某种启示，促使他们对新产品的形态设计更加深层次的思考。下面提供的图例是在运动手表的设计前期，设计师所做的消费者生活形态看板（图5-1）。

二 制作生活心情看板

在生活形态看板完成后，在这一基础上，设计师就可针对其主要的消费群体制作出他们的生活心情看板。生活心情看板所表达的是未来产品所要呈现出的某种特质与品位，这样，设计出的产品才能吸引和满足具有这些品位和特征的消费者群体。

生活心情看板要反映出的内容主要是这些消费群体在日常生活中所表现出来的某种生活情趣和心情特征。因为在现实生活中，人们除了日常工作外，总会有各自的兴趣和爱好。此外，不同的价值观念、生活理念也会形成人们对社会的不同态度与追求，影响着人们的生活行为及个性特征。因此，在生活心情看板所反映出的内容要让我们一眼就能感受到人们所释放出的情绪、态度以及所形成的特有性情。例如，轻松休闲的郊外漫步、紧张刺激的探险活动、恬静舒缓的艺术欣赏、激情洋溢的舞蹈歌唱、暖意融融的家庭聚会、扣人心弦的体育竞赛等等，通过这些真实的生活画面，设计师就能更确切地感受和理解到人们这种不同的性情特征。

心情看板可以以人们日常生活中的各种情景图片来反映上述这些情绪或性情特征，但不会涉及某种产品的特点，以免影响新产品外观风格和形态定位。心情看板在设计沟通中起着十分重要的作用。通过对一些消费群体典型的情绪特征分类和归集，可以使设计组成员对未来所设计的产品形态发展方向有一个共同的认识，为产品形态定位提供依据。

值得一提的是，生活心情看板的内容必须是直观和明确的，它必须能代表消费群体中最具典型的性格特征（图5-2）。

图5-2 消费者生活心情看板

三 制作视觉主题看板

在完成了生活心情看板后，根据消费者典型的情趣和性情特征，就可制作相对应的视觉主题看板。如在制作生活心情看板中反映出一部分消费群体具有登山、攀岩、跳蹦级等"冒险"特征，或是喜欢郊游、散步、听音乐等"休闲"特征。在制作视觉主题看板时，就可将有关具有"冒险"或"休闲"特征的产品收集起来。总之，视觉主题看板可收集各种设计师认为可以传达和反映出与消费者性情特征相似内涵的产品。这些产品应来自于不同的市场，并具有各种不同的机能。通过视觉主题看板，设计师可以清楚地感受到他们所要表达的某种产品意象在现有产品的形态风格上具有何种视觉规律与特征。这些视觉规律与特征不仅为设计师对新产品形态设计定位起到了指导作用，同时，大量丰富的产品形态资料对拓宽设计师的设计思路、激发形态创意灵感也有十分重要的作用（图5-3）。

在完成了消费者的生活形态、生活心情和视觉主题看板后，对消费对象的特征、新产品应所具有的外观形态特征都十分清楚了。这时，设计师就可根据在从视觉主题看板归纳、抽象出来的视觉规律与特征的基础上进行产品的形态设计。当然，这种从视觉主题看板抽取出来的形态概念特征绝不是抄袭和剽窃。其目的仅仅能起到帮助设计师把握好产品形态发展方向的作用，即帮助设计师在设计时使设计出的产品新形态与消费对象平时所喜欢的产品形态在视觉风格上具有关联性（图5-4）。

上述四个利用制作形态看板来进行设计定位的方法能较好地帮助设计师识别消费者对未来产品的期望和美学倾向，为设计师产品形态创新提供有效的设计依据。但要真正做好这一步，除了做好上述工作外，还需借助设计师高度的创造能力、丰富的形态想象能力和对上述所获取的信息资料的综合应用能力。

第二节 产品形态构成

产品形态的风格特征必须借助具体的"形"才能体现出来。通常我们把确立产品"形"的过程称之为"产品造型"或"产品形态设计"。在这一过程中，了解和掌握一定的产品形态构成规律将有助于我们能较迅速地获得大量的产品形态。

综观各种各样的产品形态，无论它们的复杂程度如何，我们不难发现，构成这些产品的基本形态大都属于抽象的几何形态和仿生模拟形态。这也说明了几何形造型和仿生模拟造型是产品形态构成的两种最基本的方法。

一 几何形造型

由于几何形体大都具有单纯、统一等美感要素，因而在设计中常常被用于产品形态的原形。但未经改变或设计的几何形态往往显得过于单调或生硬，因此，在几何形体的造型过程中设计师需要根据产品的具体要求，对一些原始的几何形体作进一步的变动和改进，如对原形进行切割、组合、变异等造型手法，以获取新的立体几何形态。这一新的立体几何形态便是产品形态的雏形。在这一形态的基础上设计师通过对形态进一步的深化和细部设计，最终获得产品的立体形态。

下面是在产品形态创意中，运用几何形体的分割、组合、混合、变异等一些基本方法和实例介绍。

图5-3 视觉主题看板

图5-4 在形态定位基础上进行各种设计概念的表达

图5-3

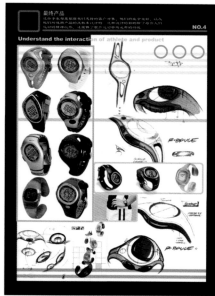

图5-4

1.分割

分割也称之为切割，即在原有形体基础上对其进行切除或分割。通过分割，可使原本简单生硬的几何形体变得更为丰富和生动。在立体形态的创建中，可运用多种分割形式，如表面分割或体量分割，可运用直线分割或曲线分割、规则分割或不规则分割等。在对几何形体的分割中要注意形态的整体性，要避免由于不适当的分割带来形体的琐碎和缺乏统一性。

下面是一组由几何形态切割而获得主体形态的产品。

图5-5是一个盛放胡椒和食盐的调味瓶。该容器的主体由两个半圆柱组合而成。设计师通过对半圆柱顶端的切割，使之产生了宛如建筑的形式效果。形态简洁挺拔，

交叉的两个切面不仅满足了使用功能的需要，同时也创造出了强烈的艺术对比效果，使产品形态个性更为突出。

图5-6是德国西门子公司设计的一台电话机，整个机身的形态十分轻巧而富有特点。电话机的造型可认为是通过一个圆锥切割而来。圆锥的顶点被切除后成为设置键盘的平面。

图5-7是一台是空气清洁器，主体形态均为圆形或圆柱形。通过在不同位置的分割或切割，既满足了产品内在结构与功能的需要，同时也丰富了形态的视觉效果。

图5-8是一盏吊灯，设计师充分利用了金属的延展特性，通过对一个圆形金属板的切割，并对切割部分向下拉深，创造出了多变、生动而富有特征的灯具形态。

图5-5

图5-7

图5-8

图5-6

图5-5　调味瓶

图5-6　西门子电话机

图5-7　空气清洁器

图5-8　吊灯

图 5-9 是一台小型手提式真空吸尘器，产品的主体是通过对一个圆柱体切割而来，整个产品形态显得简洁、大方而具有明显的个性。

2. 组合

组合是通过积聚的方式，将一个以上的基本几何形态组合成一个整体，使之达到丰富整体形态结构的目的。组合的方法可以运用相同或相似的几何形态的组合，也可以是不同性质的几何形态的组合，以创造强烈的对比效果。为避免组合后的形态杂乱无章或缺少统一的视觉效果，在形体的组合过程中要有主次之分，要突出整个形态中的主体部分。同时，形态的组合方式也应尽可能地简洁明了，形态与形态之间的组合要合理、自然，组合后的整体形态在结构和重心方面要取得视觉上的平衡与稳定。在满足产品本身功能结构的同时，还要注意如何形成独特而有个性的外观形态。

图 5-10 至图 5-14 分别是具有不同功能的产品形态。它们的主体形态都是由最基本的几何形态组合而成。不同的几何形态以及不同的组合方式都将形成不同的形态主体效果。

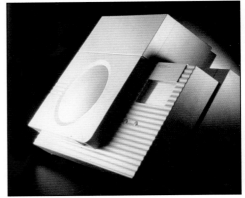

图5-10

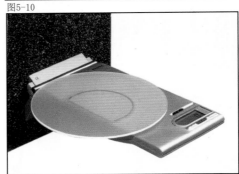

图5-11

图5-9 手提式真空吸尘器

图5-10 计算机硬件

图5-11 食物秤

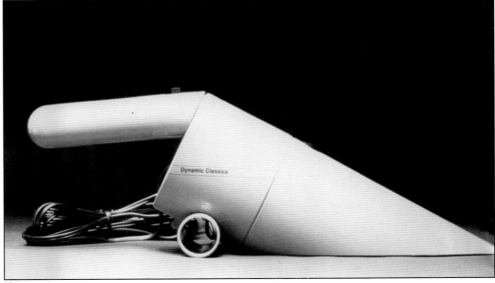

图5-9

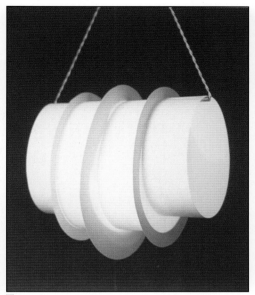

图5-12

图5-13

图5-14

图5-12　灯具

图5-13　灯具

图5-14　灯具

3. 变异

变异是从一个基本几何形态通过改变其形态特征，从而衍生出另一个新形态的变化手法。通过变异，可使原本单调、呆板的形态获得较为生动的视觉效果。

变异的形式可以是渐变或突变，可以从一个形态变化成具有相似特征或相反特征的形态。如从一个规整的球体逐渐变化成一个有机形体，或从一个曲面体变化成一个棱面体，等等。应用变异的手法，最重要的是要注意形体变化的过渡要自然流畅，尽量避免生硬和不协调的视觉效果。

下列图例的主体形态基本上是通过对一个基本形的变异而获得的。

图 5-15 、图 5-16 分别是意大利设计师设计的花瓶和灯具。其产品主体形态都是通过一个简单的柱体变化而来。利用变异的手法，可使原来十分呆板的形体变得生动和富有情趣。

图 5-17 是一个鼠标的设计。舒适的操作方式和良好的手感始终是设计的重点。这就要求在鼠标的形态设计中，必须十分吻合手在操作时的各种生理要求。但手掌各部的曲面十分复杂，在设计中利用对形态变异的手法，将一个具有规律性的有机形态通过平滑延伸或自然过渡，就能较好地获得一个既具有自由变化，且能很好适合手掌操作要求的基本形态。

图 5-18、图 5-19 是一组具有变异特征的产品，它们都由一些平滑和自然过渡的曲面体组成。形态变化丰富，个性特征也较为强烈。但仔细分析，我们仍能发现它们是由一些最基本的几何形态发展而来的。

图5-15 意大利花瓶
Marta Sansoni

图5-16 意大利灯具

图5-17 鼠标

图5-18 公共休息椅

图5-19 望远镜

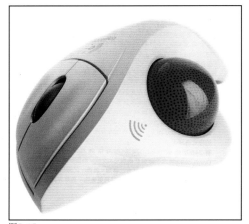

图5-17

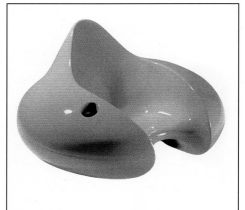

图5-18

图5-19

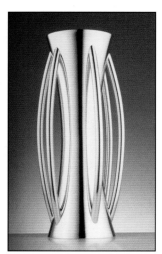

图5-15

图5-16

4. 综合

在实际的产品形态创意中，往往单靠一种变化的手法难以获得理想的基本形体，这时就需要运用多种形态变化的方法。综合就是将上述几种立体形态变化的方法加以综合的利用。如将一个基本形体分割后再进行组合，或将形态进行适当变异后，在这基础上再进行进一步的分割。通过运用综合的形态变化方法，可使产生出的形态更生动，结构更丰富。在现实生活中的大部分的产品，其主体形态均是通过该造型方法而获得（图5-20 至 图5-22）。

二 仿生、模拟造型

大自然是人类创新的源泉，人类最早的一些造物活动都是以自然界中的生物为

蓝本的。通过对某种生物结构和形态的模仿，达到创造新的物质形式的目的。由于仿生模拟设计是人们通过对自然中生物体的研究，作为向自然界索取设计灵感的重要手段，因而仿生与模拟设计不仅被广泛地应用于材料、机械、电子、能源、环境等多种设计与开发领域，同时在工业设计中也起着十分重要的作用。

德国著名工业设计师柯拉尼可称得上是一位非常成功的仿生设计师。由于他长期研究鸟、虫、鱼等各种生物形态，而且具备空气动力学知识，因而他设计的一些产品形态大都以自然中的生物形态为原型。如飞机的形态取自于鸟类展翅飞翔的动态，汽车、摩托车等陆地交通工具的形态大都取自于一些动物奔跑的姿态。即使是一些与速度无关的电视机、咖啡壶、钢琴之类的产品，也常常借用自然中的一些有机形的曲面变化，使产品形态具有亲切、宜人、充满生机的感觉。

仿生与模拟设计切不可简单地理解为仅仅对自然生物体的照搬与模仿。事实上，模拟仿生设计是在深刻理解自然物的基础上，在美学原理和造型原则作用下的一种具有高度创造性的思维活动。在产品形态创意中，运用仿生模拟的造型手法可参照

图5-20

图5-21

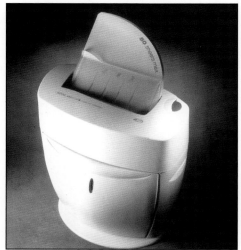

图5-22

图5-20 一组家用暖风机形态

图5-21 台灯

图5-22 办公室碎纸机

下列步骤进行：

① 对某些生物进行深入的研究分析，找出其形态特征中最具本质的要素。

② 在形态要素提取的基础上，对一些视觉特征进行适度的夸张，以强调要表现的主体内容。

③ 形成雏形。在这一形态基础上再进行反复构思，以创造出新的二次甚至多次元的形态。

当然，在运用仿生与模拟的造型方法进行形态创意时，必须根据所要设计的产品内容。忽视了产品的基本使用要求、用户特征以及材料、生产技术等成型因素，有可能使设计出来的形态仅仅停留在图案上而不能成为现实。

图5-23是丹麦设计师保尔·汉宁森设计的吊灯。该灯在形态和结构的设计上无疑是借鉴了自然界中松果中形态结构的构成要素，通过与光的结合，创造出了结构层次丰富和具有强烈个性特征的产品形态。

图5-24是美国Miller公司设计的一款名为"叶"的台灯。设计师的灵感来自于自然界风吹草叶飘动时的一种诗情意景。

通过设计师对自然形态的提炼，创造出了飘逸、灵动的产品形式。先进的LED灯光技术和感应装置使灯光能根据使用者的需要随意进行调节，并产生出舒适、自然的光色效果。形态与技术的有机结合使产品的设计理念得到了充分诠释。

图5-25至图5-27均是通过仿生和模拟的设计手法获得的产品形态。

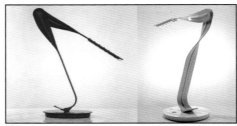
图5-24

图5-25

图5-23

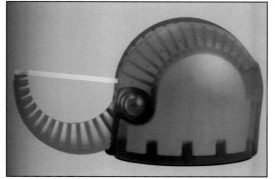
图5-26

图5-23 丹麦设计师保尔·汉宁森设计的吊灯

图5-24 名为"叶"的台灯

图5-25 牙签座(意大利)Stefano Giovannoni

图5-26 胶带座（英国)Julian

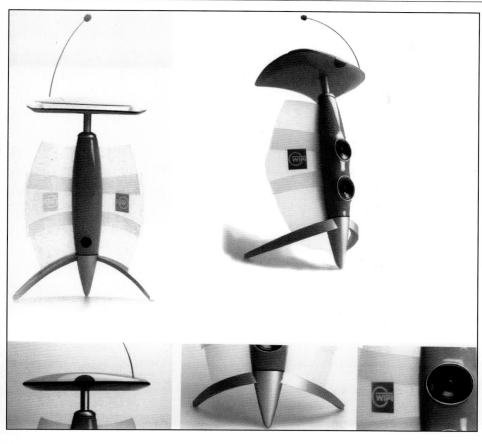

图 5-27 模拟生物形态
的演讲台设计方案

第三节 产品形态创新的切入点

　　获得产品形态创新的另一个重要方法
是要抓住形态创新的切入点。一旦这个切
入点抓准了，就有可能在产品形态创意中
起到意想不到的效果。

　　众所周知，在一个具体的产品中包含
着各种构成形态的基本要素（形态要素），
如产品的使用方式、基本功能、所选用的
材料、结构以及材质的表面处理、色彩等。
这些要素既有各自独立的内容与特征，相
互之间又有着密切的内在关系，并共同影
响着产品的整体形态。所谓抓住形态创意
的切入点，就是在产品形态创意的过程中
通过对上述形态要素的分析与比较，选择
其中某些要素作为突破点。例如对某一形
态要素作较大程度的革新，以寻求整体形
态创新的可能性。

　　当然，正如前面所述，作用于产品形

态方面的要素是多方面的，它们对整体形
态的影响范围和程度是相对的，也是难以
区分的。但为了便于阐述和帮助我们更好
地理解和认识产品形态要素在产品整体形
态创新中的作用，有效地发掘和把握形态
创新的切入点，我们仍将几个主要形态要
素与形态创新之间的关系分别加以阐述。

一　产品使用方式与形态创新

　　产品存在的目的是为人服务的，因而
每个产品都包含着一定的使用功能。为了
达到和满足产品的使用功能，使产品很好
地服务于人，在设计产品时必须首先要考
虑人们对产品的使用方式。

　　产品的形态结构与产品的使用方式、
包括使用功能是有机地结合在一起的。拿
我们日常生活中最普通的电话机来说，固
定电话（座机）的使用方式和功能决定了
电话机形态必须有话筒和键盘等基本结

构。但一旦变成了移动电话（人们在流动时传递信息），人们在接听和传递信息的功能与方式变得更为灵活多变，随之，电话机的形态也变得愈加简洁小巧，与固定电话机截然不同了。由此可见，对不同的产品使用方式设计必然会导致不同的产品形态产生。

所谓产品使用方式设计主要是指改善或改变产品原来的使用操作方式或提供新的使用功能等，使产品在使用和操作方面更科学、更合理、更贴近人的使用习惯，从而使产品更能满足人们生活方式的需要。日本索尼公司开发的 Walkman 就是这方面最好的例证。Walkman 的出现，从技术上讲并无多少创新可言，它实质上就是改变了人们通过台式和盒式录音机听取音乐的方式，将普通的录音机构改制成微型的机芯。由于 Walkman 体积小巧、携带方便，使人们欣赏音乐的方式更具弹性。无论是悠闲地躺在飞机的航空椅上，还是骑车穿梭在城市的大街小巷中，你都能随心所欲地听着你想听的曲子而不影响他人，这种全新的听取音乐方式立即受到了

当时音乐爱好者的普遍欢迎和接受。同时，从这一听取音乐的方式中也延伸出了其他多种学习方式的可能，如用 Walkman 来学习外语，从而改变了年轻一代学生的学习方式。

Walklman 成功的使用方式设计对改善和提升人们生活品质的价值是显而易见的，但我们发现，其价值的体现与本身形态的小巧灵活是分不开的。正是它的体重小、形态适合携带，才具备了使用上比传统录音机具有优势的特点。由此可见，在产品使用方式设计中，虽然设计师的主要设计重点和目标是为人们提供一种新的产品使用方式，但这种使用方式的实现必须借助某种特有的产品结构形态。这也表明了对产品使用方式的变化与创新必定带来产品的形态的变革。因此，从这一点讲，对产品的使用方式进行重新设计或创造新的使用方式是获得产品形态创意的一个重要切入点。

当然，对产品使用方式的创新设计不是盲目的，它必须基于对消费者清晰的定位上，使设计后的产品能为消费者提供更多更合理的功能需求和更为便利的操作体验。

此外，在产品使用方式创新设计的同时，还必须考虑新材料新技术的合理运用。要密切关注现代技术发展的新动向，关心最新技术的发展成果。因为，在产品使用方式或使用功能上的突破往往要借助新技术的运用。例如，一部普通的手机，加上拍照技术和 MP3 音乐播放技术就成了一部兼有拍照和听音乐功能的手机，一支原本用来书写的笔，加上扫描技术或录音技术就成了一支扫描笔或录音笔。随着当今科技的飞速发展和数字技术的广泛应用，为产品使用功能的发展和创新提供了前所未有的契机。表 5-1 表明了在人们生活的各大领域中，数字化技术的运用无所不在，它将成为引领传统产品在使用方式和功能上的革新，并最终带来产品形态创新的重要要素。

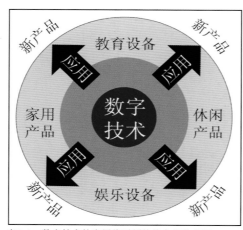

表5-1 数字技术的应用将引领传统产品的革新

下面一些实例充分地展示了产品形态创意与产品使用方式设计之间的内在关系。从中，我们可以清楚地看到，这些新颖的产品形态都是设计师在对产品的使用方式的探索和创新过程中自然形成的。

图5-28至图5-33中的数码相机的形态设计实例是奥地利fh-joanneum工业设计培训中心学员为索尼公司开发设计的新产品。尽管所采用的技术和产品的使用功能相同，但由于使用方式的差异，使相机最终形态呈现出各自不同的特征。

图5-28是一款专为山地车骑手、滑雪运动员等设计的数码相机。略带弯曲的主体简洁而和谐，加上底部附加的手套，可将相机稳定地固定在手和身体的一些部位，便于运动员在运动中拍摄景物。由于在设计中必须考虑运动员在运动时的特殊使用方式，传统的相机形态获得了彻底的创新。

图5-29是一款适合水上运动员的数码相机，主体形态呈半球形，适合于防水的要求。相机底部与一条透明柔软的塑胶带结合成一个整体，利于运动员将相机固定在手腕上，在运动中获取景象。整个产品形态充分凸现出产品使用的方式和环境。

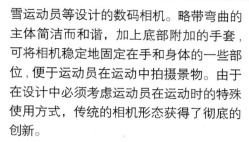

图5-28　陆地运动员数码相机

图5-29　适合水上运动员的数码相机

图 5-30 是一款为普通使用者设计的便携式相机。为了适合现代人们在生活中出行、旅游等需要，因而相机的形态设计得十分简约。带有旋转的镜头和手柄，使拍摄景物更具弹性，携带与操作更方便。

图 5-31 作为一款商业人士在工作中使用的个人相机，其紧凑的结构和扁平式的主体形态使人感到十分小巧精致，观察窗采用折叠的形式使整体形态更为简洁，并容易放入上衣口袋内，便于使用者在旅途中携带。

图 5-32 是一款具有高分辨率的数码

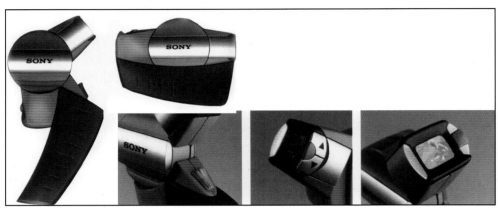

图5-30 便于携带的数码相机

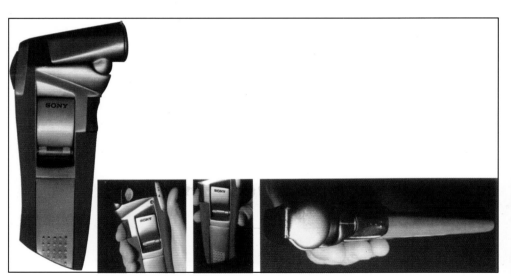

图5-31 商务用数码相机

相机。该数码相机将摄像技术、数码记录、"GPS"全球定位系统和高度测量等技术结合在一起,其扁平的造型、小巧的尺度、体重和折叠结构等使整个产品形态显得十分简洁。功能设置和对使用方式的设计完全迎合了野外工作、探险等研究人员工作的需要。

图5-33是一款专门为8岁至12岁儿童设计的数码相机,设计师充分考虑到儿童的使用方式特点。相机的观察窗被设计成可用双眼同时观看,变焦调节钮被放置在相机的中间,扁平对称的形体非常适合儿童在操作时喜欢用双手同时把持相机的操作特征。

图5-32 野外作业用数码相机
图5-33 儿童数码相机

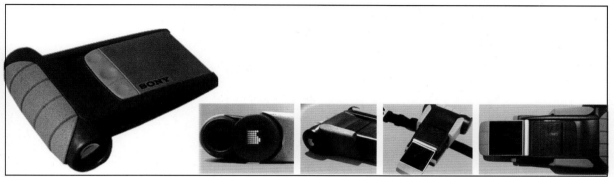

图5-32

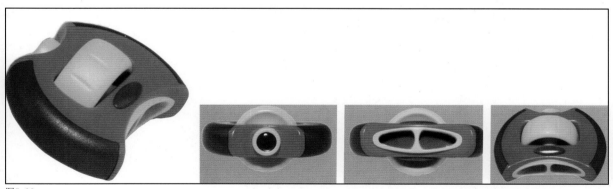

图5-33

图5-34是生活垃圾桶的设计。通过在垃圾桶上部的感应自动装置，使用者可方便、自动地开启垃圾桶上盖。内藏的拉手和底部滑轮可轻松地移动垃圾桶。设计师通过对倒放垃圾方式的重新设计，不仅提高了使用者的生活品质，同时也改变了传统的垃圾桶形态。

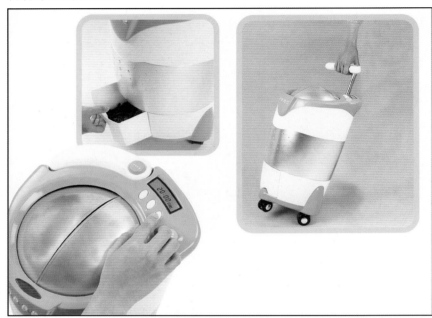

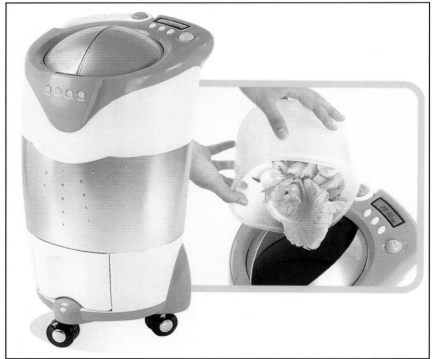

图5-34　生活垃圾桶的设计

图 5-35 是多功能护理床的设计，也是一个典型的使用方式设计。对于一些年老体弱和久病卧床的人来说，进行悉心的照料和全方位的护理是十分重要的。但有时亲人或护理人员不在身边的情况下，病人不得不依靠自身的能力来达到自理的目的。该产品就是专门为美国老年人家庭和老年康复医院设计的。设计根据老年人和长期卧床病人的生理特点与护理要求将床具赋予不同的使用功能。如床具具备平卧、0-85 度任意角度斜靠、起坐、屈腿、左右侧翻、便器自动升降、自动温水冲洗及热风烘干等主要功能。病人只要通过手持式自动控制器就能达到上述功能的实现。该床具的形态与一般病床完全不同。形态的形成是实现上述功能和操作方式的自然结果。图 5-36 是索尼公司设计的一款名为 "Glasstron" 的新产品。该产品的设计完全传承了索尼公司早期 "Walkman" 的设计理念，向人们提供一种自由灵活的获取娱乐图像的方式。设计将现代的信息传送、图像技术与普通的眼镜结构形态结合在一起，创造了一种全新的产品概念。"Glasstron" 的镜片由 155 万像素的液晶显示屏组成，并配有耳机和控制部件，使用者只要将其戴在头上，就能独自享受到计算机和 DVD 上的各种娱乐节目。图 5-37 是一款由英国设计师 Sam Hecht 设计的腕上电话机。该设计运用了新颖的软性合成材料，并结合了当时最先进的电子通讯技术，将电话机的形态设计成手表一样，可戴在手腕上操作。该设计不仅改进了移动电话携带不方便的问题，为操作带来更便利和更具有弹性，同时也带来了移动电话在形态方面的革命性变化。

二　产品材料与形态创新

任何产品都离不开材料，材料是产品形态存在的基础。由于不同的材料具有不同的视觉特征，因此，一旦某一种材料被应用到具体的产品时，就会使这一产品直接产生出与该材料特性相关的视觉特征。如用木材制成的产品给人一种温暖、自然、舒适的感觉，而玻璃、塑料等材料会给人一种冷静、光亮、简洁等感受，设计师就是利用不同材料给人的不同感受，创造出不同的形态特征。在现实中，我们也

图5-35　多功能护理床设计

图5-36　索尼公司设计的 "Glasstron" 液晶娱乐镜

图5-37　手腕电话机

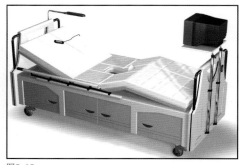

图5-35

图5-36

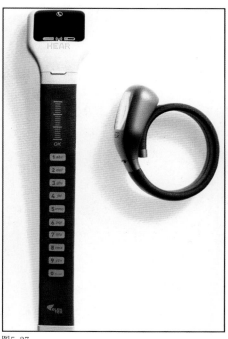

图5-37

常常发现，即使是具有同样机能或具有相似外形结构的产品，由于所应用的材料不同，都会给我们留下不同的视觉印象。另外，不同的材料有着不同的加工和成型方法，而不同的加工工艺也将对产品的形态起到直接的视觉作用。如我国 20 世纪 50 年代早期的电子产品外壳，采用的是人工夹板拼装工艺，产品形态只能是以直线大平面为主，造型呆板生硬。随着塑料的出现和注塑技术的成熟，产品壳体成型材料和成型工艺的彻底改变，使产品形态也由以前单一的直线平面发展到当今的各种曲线与体面的互为组合、丰富多彩的造型形式。20 世纪 60 年代北欧用硬质发泡塑料生产坐椅，由于采用了先进的塑料成型工艺，可使坐椅的主体一次整体成型，从而使传统的木结构坐椅得到了革命性的变化，坐椅的形态从此变得更趋自由。

另一个具有说服力的例子就是自行车的形态变化。近百年来，由于自行车的车架一直受钢管的弯曲和焊接等工艺的限制，车架的形态基本上呈三角形。随着碳纤维加强玻璃钢合成材料的出现，由于它具有质量轻、强度高、能整体成型等特点，因而被用做自行车的车架材料，彻底改变了传统的三角形框架，使自行车的外形形态发生了重大的变化。

从上述几个产品形态演变的例子中不难看出，材料对产品形态变化的影响是非常直接而又深刻的。所以，在产品形态的创新中，努力探索新材料运用的可能性不失为一种较为有效的形态创新的切入点。近几年来，世界上不少设计师在新材料的运用方面作了大量的探索与实践，取得了显著的成效，使一些原本十分传统的产品形态呈现出耳目一新的感觉。苹果电脑 Imac 的诞生就是在产品形态创新中以材料为切入点的成功范例。设计师将半透明的蓝色塑料用于电脑壳体，彻底改变了传统电脑不透明壳体和千篇一律灰白色的视觉形态，使整个产品形态具有强烈的视觉冲击力，开创了电脑形态设计的一代新风。

值得一提的是，当设计师将新材料的运用作为形态创新的切入点时，必须结合具体的产品内容和功能特点，同时根据使用者的操作方式、使用环境、产品成型技术、材料获得可能性，甚至包括产品成本等各项因素统一全面地加以平衡和选择。下面是一组较为典型的新材料的应用为形态创新切入点的产品实例。

图 5-38 是一辆用碳纤维加强玻璃钢为车架的自行车，由于充分发挥了该材料重量轻、强度高、能整体成型等特点，使设计突破了传统的自行车车架结构，并配以新颖的传动方式，整个车子形态显得格外轻盈活泼，新颖美观而富有动感。

图 5-39 是用新型合金材料做成的吊灯。当灯打开后，灯罩会随着热量的增高徐徐张开，当关灯后，灯罩回复到原来的形态。设计师通过对新材料的应用，使灯的形态产生了新颖而奇特的视觉效果。

图5-38 用碳纤维加强玻璃钢为车架的自行车

图5-39 用新型材料做成的灯具

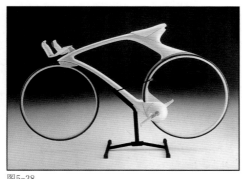

图5-38

图5-39

图 5-40 是一个用透明材料做成的桌子，内嵌缠绕而有序的金属丝。在材料的应用上完全突破了传统的概念，使之产生了新颖而富有装饰意味的独特效果。图 5-41 是利用能充气的材料组成的椅子。椅子的立体形态由数个充气包根据人体的基本曲线组合而成。新材料的应用使设计既达到了在使用时的最佳舒适状态，同时也带给产品新的视觉效果。这一设计方式也为设计师在利用新材料作为形态创新的切入点带来了新的启示。图 5-42 是一个利用新颖合成材料与金属框架结合组成的椅子。椅子的座面利用材料的弹性编结而成，产生了犹如鸟巢的视觉效果。纷繁复杂的结构变化中蕴含着条理与和谐的内涵。整个形态充分诠释了设计师崇尚自然、追求舒适和谐的设计理念。

三　产品结构与形态创新

产品结构是构成产品形态的重要要素，一件产品必须依赖于自身的结构才能得以形成。

在谈到产品结构时，很多人会认为结构是产品内部的构造。其实，结构的内容是包罗万象的，其复杂程度也大不一样。如自然界中的一个山洞、一个蛋壳是一种结构，一只蜂窝、一个鸟巢也是一种结构。在产品设计中也同样如此，如设计一支圆珠笔，如何能放置笔芯，更换笔芯，使手能舒服地把握笔身，如何去安装护套，等等。这些都是结构上的问题。而设计一个台灯，灯的支架形式、放置形式、灯头、灯罩的固定形式等无不是结构上的问题。因此，当我们在设计一个产品的外观形态时必定会涉及它本身的结构形式。反之，当我们在思考和改变这些产品结构时，无疑也会对产品的整体形态构成重大的影响。因此，对产品结构形式的创新应是产品形态创新中的一个重要切入点。

在产品形态呈现出的美感要素中，产品结构的新颖与独特性占有十分重要的位置。在现实生活中，我们常常会发现一个具有新颖结构的产品往往能以崭新的面貌出现在消费者的面前，给人以强大的视觉冲击力，极大地激起人们购买或使用的欲望。此外，产品结构创新不仅能为产品创造出一种新颖独特的视觉效果，同时还能改善产品的使用功能，提高工作效率，使

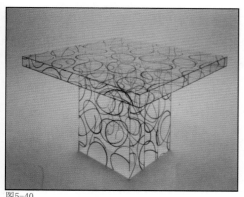

图5-40

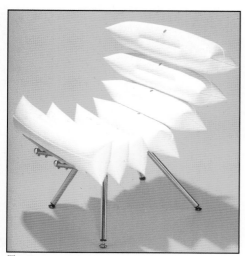

图5-41

图5-40　用透明材料做成的桌子

图5-41　利用能充气的材料组成的椅子

图5-42　是一个利用新颖合成材料与金属框架结合组成的椅子

图5-42

产品的各部机能达到更科学更合理，为此，不少设计师在探索产品形态创造的过程中，十分重视对产品结构的创新，这也为世界留下了无数优秀的设计范例。下面是一组具有新颖结构的产品形态。

图5-43是英国曼切斯特理工大学学生设计的桌子，其结构突破了传统的形式，由四个相同的"S"形基本单元组合而成。结构简洁、新颖，创造出了一种独特的产品形态。通过透明的玻璃桌面，使这一独特的结构形态得到了更好的展现。

图5-43 英国曼切斯特理工大学学生设计的桌子

图5-44 是一组结构形态新颖的家用茶几

图5-44是一组家用茶几。在个性化的休闲生活环境中，茶几虽小，但最能体现出主人的文化品位和个性特征。在设计中努力采用新颖而独特的结构形式，使其呈现出不同的形态特征是满足不同用户个性的有效方法。

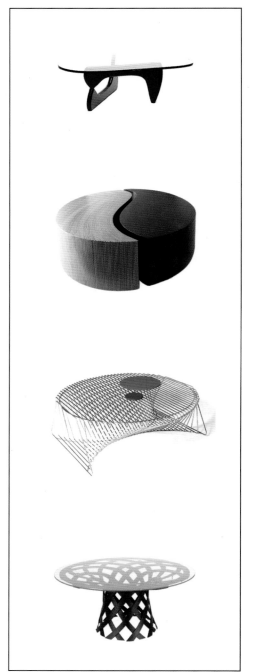

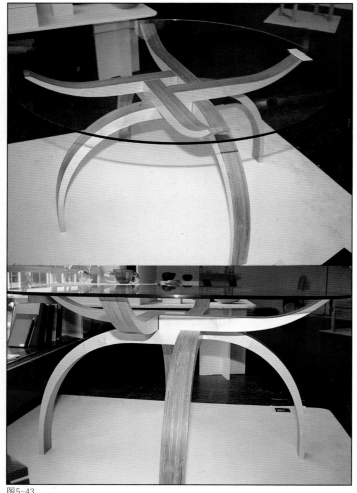

图5-43

图5-44

图 5-45 分别是两个小型书架的设计，书架的基本结构与传统已大相径庭。这些强烈个性的设计不仅使我们感受到设计师的创新精神，同时也能领略到结构创新与形态创新之间的内在关系。

图 5-46 反映了一个桌子的详细结构形态，是一个较为典型的结构创新设计范例。设计师在设计桌面和桌腿的连接结构上彻底打破了传统的连接方式，分别在玻璃桌面的反面和桌腿的连接面上粘上磁铁片。利用磁性连接能很方便地安放和脱卸桌面，便于桌子的折叠。折叠后的桌子能悬挂在墙上，既节省了存放的空间，又能起到墙面的装饰作用。由于结构的创新，给产品形态创新带来了更加自由的空间。

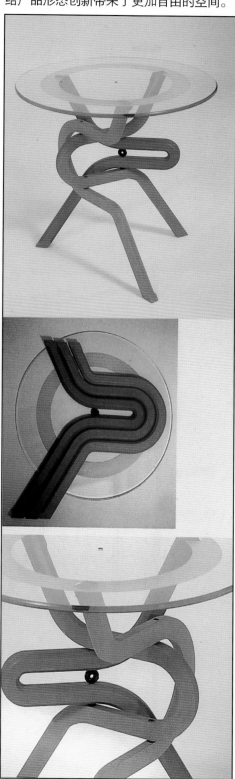

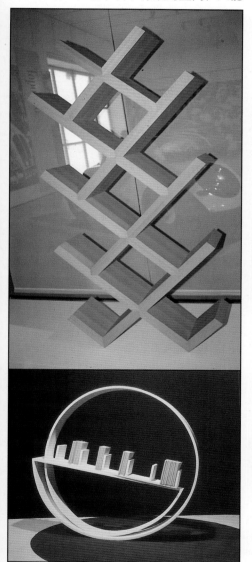

图5-45

图5-46

图5-45　小型书架的设计

图5-46　法国设计师 Essaim设计的桌子和其细部

图 5-47 是法国设计师 Ronan 设计的花瓶，其结构形态和放置方式完全打破了传统花瓶的形式。设计师企图用一种独特的结构形式来展示日常生活中最普通事物的新面貌，强调设计不仅要满足人们在生理等方面的需要，同时要能引起和满足物与物、物与使用者、物与环境之间的需要。新颖独特的结构形态不仅给产品带来新的面貌，同时也给人们带来某种新的启示。

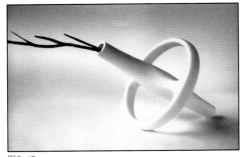

图5-47 法国设计师
Ronan设计的花瓶

图5-48 电熨斗

图5-47

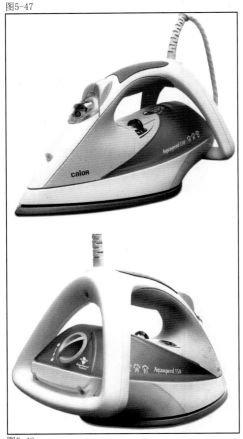

图5-48

电熨斗是最为普通的家用电器，其形态与产品的使用方式有着紧密的内在联系。图 5-48 是一款新颖的电熨斗设计。设计师通过对产品结构的大胆创新，将电熨斗的把手和尾部的框架连成一个有机的整体，从而产生了与传统产品不同的形态特征。在产品形态创新的同时，产品的操作方式也得到了很大的改善。框架式的底部不仅使电熨斗在桌面放置时更加稳定、安全，同时也为电熨斗水箱加水更为方便。

通过对上述"产品使用方式"、"产品材料"、"产品结构"等几个与形态创新有密切关联的要素的分析，我们明确到，对这些要素的创造性运用是帮助我们获得产品形态创新的重要途径，但在具体的应用过程中我们还必须认识到，这些要素体现在形态创新中的影响与作用不是孤立的。对一种形态要素的创新应用必定会引起其他形态要素相应的变化。例如，在产品使用方式的创新设计中必定会要求与之相应材料、内部机构或结构的适切配合。而对产品结构的创新也往往需要新材料的支持。同样，对新材料的应用也可导致产品结构、使用方式等方面的变革，同时，对上述要素进行创造性的应用时都离不开新工艺、新技术等这些共同的产品形成要素。

鉴于上述特性，我们在寻找产品形态创新的切入点时，要充分领会形成产品形态要素之间的相互关系。在具体的设计实践中，可根据具体的产品内容特征，先寻找出一个具有一定可行性的切入点，假设以新材料的应用为切入点，然后以此为主线，详细分析与之相关的其他因素，如产品在新材料的应用后能否采用更新的结构形式、材料和结构变化后会对产品的使用方式带来什么样的变化等。总之，通过不断地综合和平衡这些要素之间的关系，使之逐步形成一个既科学合理又具有创新特征的产品形态。

　　图 5-49 是三个不同结构形态的鸡蛋放置架。在设计中由于采用了不同的材料，因而导致了不同结构形态的产生。同样，图 5-50 是一组盛放水果的果盘。这些产品功能相同，但形态千变万化。从这些图例中不仅显示出了材料创新与结构创新之间的内在关系，同时通过这些各具特征的产品形态，也能使我们领悟到，在实现产品的设计过程中，其实创造的空间要远比我们想象的更为辽阔，设计师只要能在构成产品形态的各种要素中寻找和发现作为创新的切入点，并合理和综合性地考虑这些要素之间的相互影响，就不难会带来整体形态创新的可能性。

图5-49　一组不同材料和结构形态的鸡蛋放置架

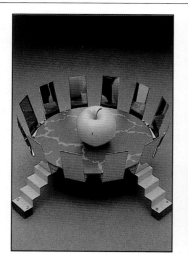

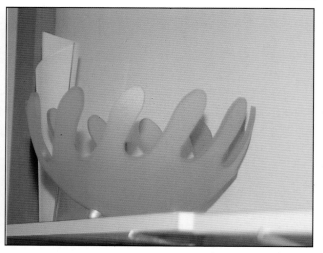

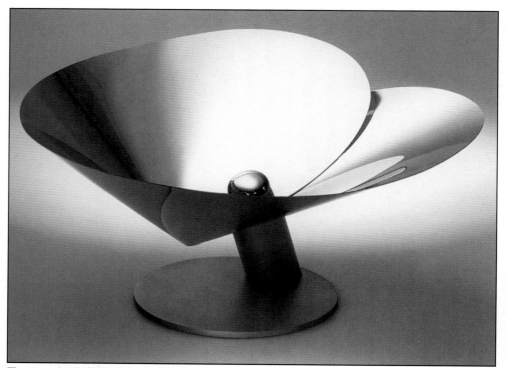

图5-50 一组不同材料和结构形态的果盘

Practice 练 习

以统一的石英机芯，设计一个闹钟。要求至少构思出100
个以上的方案(用单线表达即可)。

6

产品形态创意与
表达的互动

产品形态创意是指对未来产品新形态的构想，我们也将它称之为"设计构思"。产品形态表达是指将未来产品形态的构想通过各种表达方式转化成可视的具体形象的过程，这一过程也称之为"设计表达"。

在以往的设计教学中，我们常常把"设计构思"和"设计表达"分离开来，并将它们视为在产品设计过程中的不同阶段的内容。事实上，在具体的产品设计中，产品形态创意与形态表达始终被有机地结合成一个整体，并产生互动作用。下面，我们可以通过对形态创意与表达之间的互动关系，和它们基本特征的分析来进一步认识两者之间产生互动的必然性和重要性。

第一节 形态创意与表达的互动关系

不少初学设计的人总是这样认为，作为产品设计，只要有好的想法就行了。至于能否确切地表达这一想法似乎就显得不那么重要了。这种看法导致他们在后来具体的设计活动中很难正确有效地表达出他们的设计概念，影响设计水平的提高。

事实上，在产品设计过程中，无论是形态创意或是形态表达都是同等重要的。可以这样说，形态创意与形态表达有时是很难区分的，形态表达是形态创意的延伸，形态创意必须通过表达才能得以体现，它们之间相互联系，共同发展，起着提升设计质量的重要作用。

为进一步理解形态表达与形态创意之间的互动作用，首先有必要弄清形态表达的基本内容与特征。

一 形态表达是展现形态创意的主要形式

形态表达通常包括两个基本类型，一类是平面化的表达形式，如设计草图、产品效果图、图纸。另一类是立体化的表达形式，其中包括草模、概念模型和工作样机等。如美国通用汽车公司在设计汽车形态时将设计的过程分为 6 个基本阶段，它们是：

(1) 捕捉设计概念（设计草图表现）

(2) 计算机建模

(3) 人机工学研究（用 1:1 胶带图分析）

(4) 比例黏土模型制作

(5) 1:1 全真黏土模型制作

(6) 样车制作

从上面汽车形态设计过程的 6 个阶段中可以看出，设计草图是设计师具体形态创意过程中的第一步，是形态表达中最直接、最基本的形式（图 6-1 至图 6-3）。

图6-1 设计师用草图表现设计概念

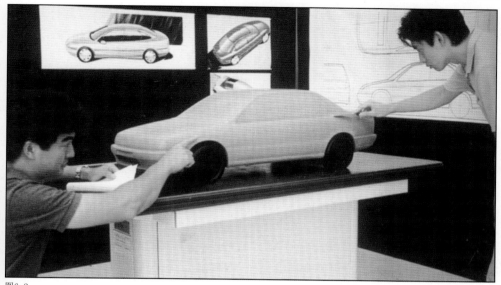

图6-2

图6-3

设计草图一般用在产品形态创意的前期阶段，而效果图、模型和工作样机等则分别发生在形态创意的中期和后期阶段，起到进一步完善和验证由早期所产生的设计概念的作用。设计草图对早期形态概念形成的作用十分关键，通过设计草图的表达，才能逐步奠定产品基本形态的基础。由于设计草图对设计师深化产品形态以及对最终确立产品形态至关重要，为此本书对形态创意与表达之间互动关系的探讨仅限定在设计草图表达的过程中。

众所周知，设计草图是展现设计师设计概念的有效载体，同时也是改善和进一步发展设计概念的最好途径。在产品形态设计过程中，当我们对所要设计的对象产生某种想法时，这仅仅是迈出了设计的第一步。但这种最初的想法在头脑中仅仅是一种朦胧的概念，如果不把这种概念转化为可视的具体形象，即用最基本的草图形式体现出来，就很难鉴别这种想法的价值所在，更谈不上评价该设计概念的优劣了。所以说，形态表达（设计草图）不仅是产品形态创意过程中的一个重要内容，同时也是使设计师的创意得到体现的主要形式。

二 形态表达是发展创意的重要途径

在设计构思阶段，设计的创意和发展大致会经过这样的过程：首先是设计师对设计的产品产生一定的想法，然后通过设计草图的形式将这一想法记录下来。接下来，针对草图中所反映出的具体形象，设计师会在头脑中迅速作出判断，对产品新的设计想法在草图基础上做出进一步的修改，由此产生从构想到设计草图，再从设计草图到构想的互动关系。

在最初的设计草图中，可能表达出的仅仅是设计师对产品形态的一些粗浅的和不成熟的设想，但随着一个个视觉形象（草图）的出现，设计师头脑中的一些零散想法就会被思维的链条串联起来，引发对设计的各种各样的构想。随着这种互动关系的不断发展，设计师的设计思路也会逐步被打开，设计构思也随之获得不断的深化。有人将这一互动过程形象地称之为"手脑并用"的构思方法，缺乏这一过程，设计师是无法获得好的设计结果的。图6-4是设计师在设计个人电脑时的一组设计创意草图。随着大量草图的出现，产品形态不断被调整，设计概念也随之而获得不断地深化。

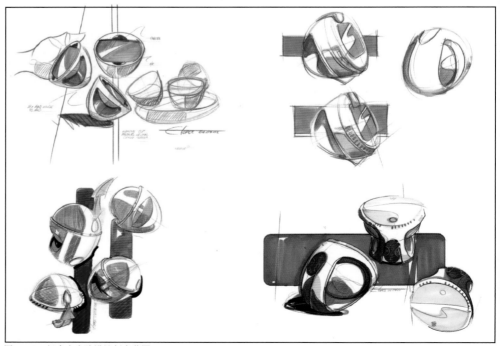

图6-4 一组个人电脑设计创意草图

三 形态表达是完善创意最便捷的方法

形态表达不仅是展示和发展设计师创意的主要形式和重要途径，同时也是设计师推敲和完善形态创意最便捷的方法。在形态创意中，我们的目的不仅要获得一个新颖、美观的产品形态，而且要求这一形态具有成为现实产品的可行性。因此，在形态创意中，设计师除了要发掘一个具有创意的形态外，还必须要不断解决与之相关的各种问题。如人机工学的问题、操作的问题、适合内部机构等问题。通过将一些概念表达成具体可视的产品形象，这些问题就会显现在设计师的面前。通过删去在视觉上明显缺乏可行性的形态，设计师就可集中精力去发展和改善一些可行性较好的形态。此外，虽然产品形态的最终选择仍要靠产品模型、工作样机等形式的验证，但这些立体的形态表达方式往往要到形态创意的后期，在产品的初步形态已经基本确立以后才进行，因此在平面表达阶段，特别是利用草图或产品效果图等方面来修改或进一步完善初期的设计构思显得非常必要。

在产品形态设计过程中，大多设计师都会采用这样的方式：首先是进行大量的构思，其次是进行筛选，剔除明显不好的和不合理的方案。最后，对几个可行性较好的方案作进一步的完善或修改，等设计方案通过平面的方式修改到满意程度后才进入模型等立体表达方式的验证与测试阶段。事实证明，这是一条非常快捷而又经济的完善设计创意的途径。图6-5是一款测量和治疗手腕肌肉萎缩综合征的医疗机械，为了使设计方案能更加适合操作和携带等功能的需要，设计师创作了大量的草图，用于推敲产品人机关系。从这些创意的逐步演变和完善过程中，我们不难看出设计创意与设计表达之间紧密的互动关系。

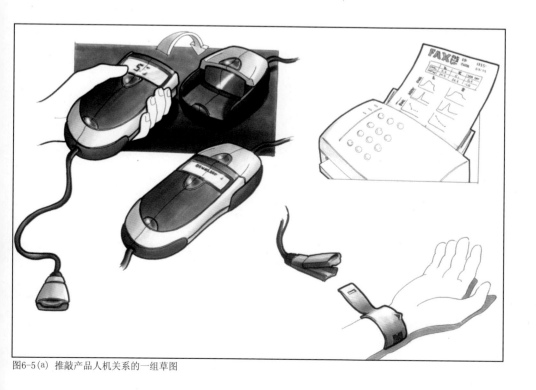

图6-5(a) 推敲产品人机关系的一组草图

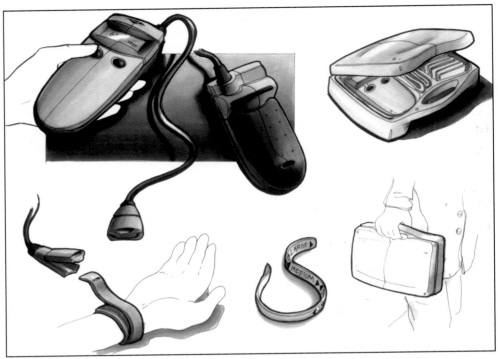

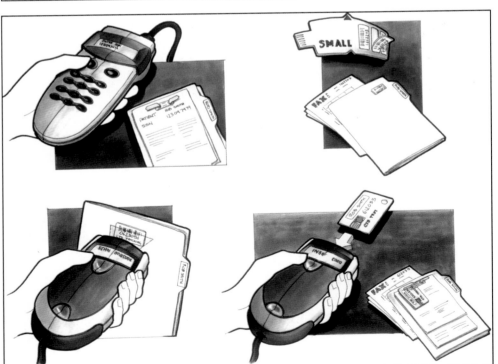

图6-5(b) 推敲产品人机
关系的一组草图

第二节　形态创意与表达的互动特征

前面提到，在产品的形态创意中，设计师首先要把头脑中的想法用最简洁的方式"草图"表达出来。在形态创意与表达的互动中，草图不仅是一种最快捷最有效的设计概念的表达方式，同时草图的内在质量也直接反映出设计师的设计构思深度。实践证明，设计师只有不断地通过设计草图的形式和思维产生互动，设计构思才能在两者之间的互动中得到进一步的深化。根据设计构思中的基本规律，反映在形态创意与表达的互动过程中有以下几个特征：通过分析和了解以下特征，将有助于设计师在产品形态创意的过程中，能有效地推动创意与表达之间的互动关系，使设计构思达到应有的深度。

一　从量变到质变

很少有设计师在产品设计中能轻而易举地找到理想的产品形态。在现实中，要获得真正好的产品形态，通常要经过十分艰苦的构思过程。在这一过程中，设计师要"尽量"地把头脑中的想法用草图的形式表达出来。这里的"尽量"除了指设计师的努力外，还有"大量"的含义。为什么一定要强调"大量"呢？首先，没有比较就没有鉴别。不通过大量草图的比较，就很难说明你所表达出的草图是目前最好的，只有在大量草图的基础上，才有可能在众多的方案中甄选出一个好的设计结果。其次，在设计构思的初期阶段，由于人们的思想极易受发生在周围和日常生活中一些事物的影响，早期所反映出的构思往往是粗浅的和与其他常见的产品所雷同的。因此，只有当构思达到一定深入的程度时，才能摆脱既有想法的束缚，寻找到较好的或具有创意的构想。因此，在设计构思的整个阶段中，我们一方面要尽量打开思路，多出草图，另一方面还要不断推翻和否定前面形成的构思，以不满足的心态去探索更好的设计可能性。这就是我们常说的"从量变到质变"的过程。设计构思没有"量"的过程就很难有"质"的提升。因此，难怪美国"兰多"包装公司在为美国"可口可乐"公司设计可乐瓶形的时候，一共构思了两千多种不同的设计方案。

事实也让我们体验到，最初的设计构思阶段是整个设计过程中最为艰苦的阶段，但对最终设计能否获得好的结果至关重要。正如一些设计师指出的那样："它一开始就决定了设计的命运。"因此，设计师在这一阶段中必须要通过大量绘制草图，力求达到从"量变到质变"的转化过程。"胜利往往出现在最后的努力之中"，好的设计结果也同样可能出现在最后姗姗来迟的构想之中。图6-6反映了设计师在设计耐克运动表时的创意深化过程。从图中我们可以看到，设计师对表的使用方式和表的外观形态等方面作了较广泛而深入的思考。试想，如果没有设计师大量的草图表现和艰苦的探索，一个理想的产品形态是难以出现的。

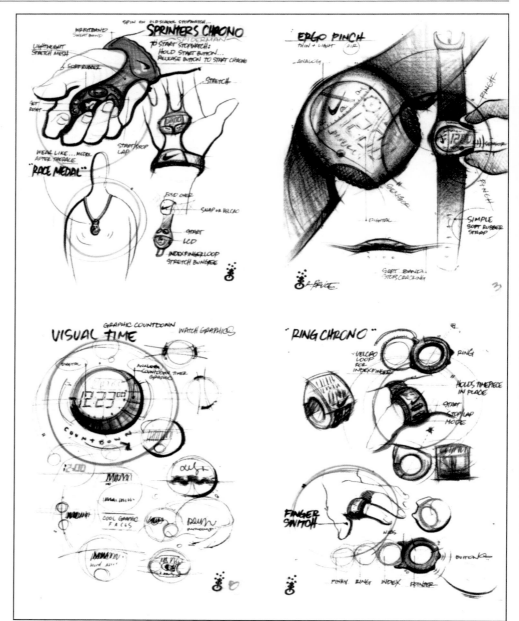

图6-6（a） 一组设计耐克运动表时的构思草图

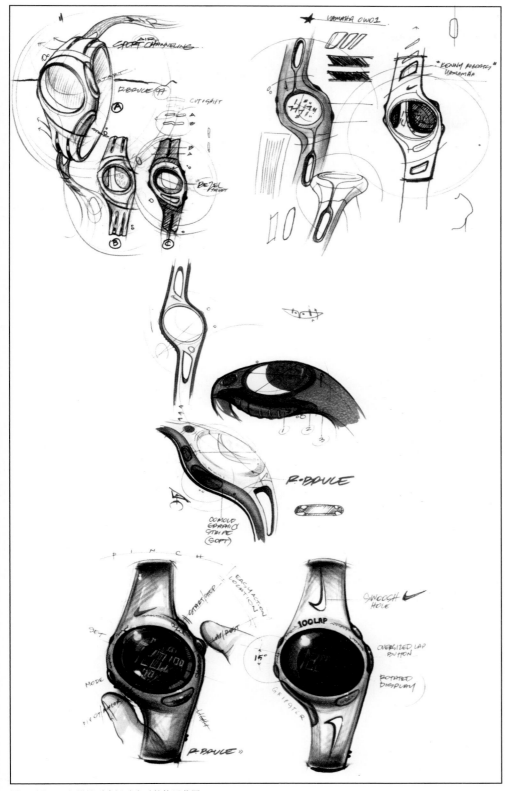

图6-6（b）　一组设计耐克运动表时的构思草图

二 从简单到复杂

我们在前面的"产品形态构成"一节中谈到,无论产品形态的复杂程度如何,都离不开基本的几何形态,很多看似十分复杂的产品形态也大多是从简单的形态发展而来,因此,我们在产品的形态构思中也可采用从简单到复杂这一原则。

一些初学设计的学生在产品设计的构思阶段中总希望自己描绘出的产品形态能一步到位。他们喜欢坐在桌子前苦思冥想,把形态想象得无比复杂和理想化,但等他们意图用草图来表现它们的时候,往往显得一筹莫展。过于复杂的形体不仅使他们很难表达出它们的真实感,如复杂的透视和比例关系,同时在视觉上也显得杂乱无章,难以把握其形体的整体感。最后导致时间上浪费了许多,落实到纸上的草图却寥寥无几。

在草图的表达中采用"从简单到复杂"这一方法就能较好地避免上述困难。在设计构思的初期阶段,可适当采用一些较为简洁的形态来表达,无论这一形态看起来是那样的简单和不成熟,但这并不妨碍你设计思维的发展。非常重要的一点是要把你的想法表现在纸面上。有了这一基本的形态后,在你的头脑中就会十分明确下一步应该做什么,是作进一步的修改和调整,还是从另一思路开始。进行设计构思的过程好比人在登高楼一样,我们不可能一步就登到楼顶,必须一个台阶一个台阶地往上走。构思草图也必须先从基本的、最简单的形体入手,一步步地通过对原有想法的不断改善和修正,从而使构思达到应有的深度。

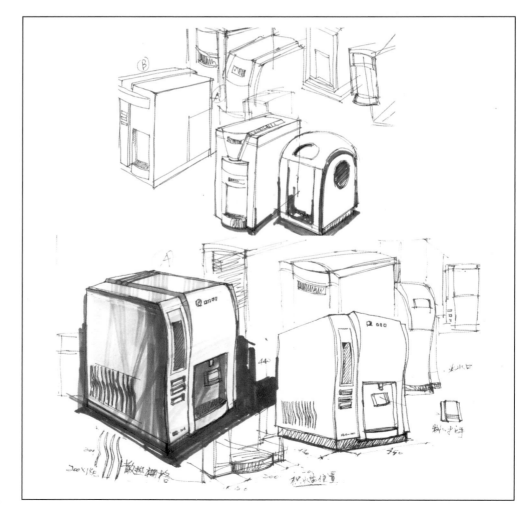

图6-7(a) 一组台式水处理机的构思草图

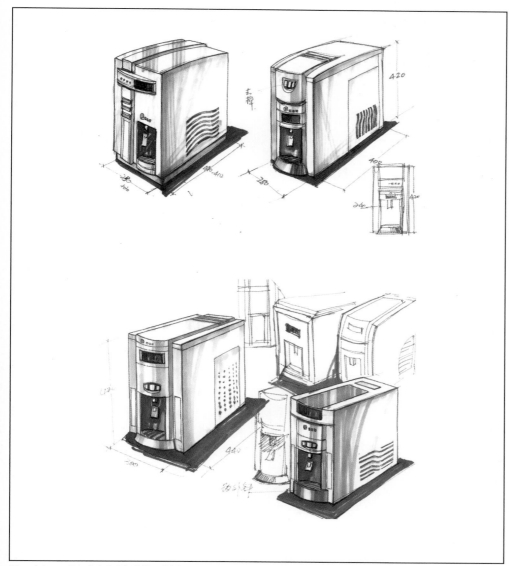

图6-7(b)　一组台式水处理机的构思草图

图6-8

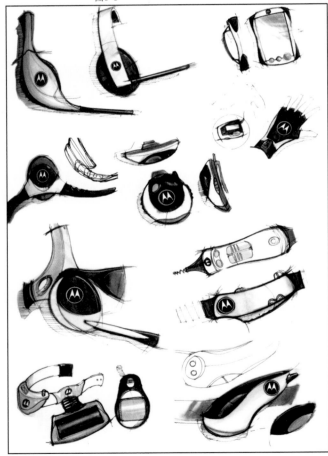

图6-9

三 从整体到细部

做任何事都要从整体着眼，从整体上把握住事物发展的方向与目标。在产品形态构思时，也要遵循"从整体到细部"这一基本规律，才能使设计构思取得较好的效果。

在设计构思中，"从整体到细部"就是要把考虑产品形态的整体性和整体特征放在首位。具体做法是，在草图的构思和表达中，首先要强调形态的总体特征和给人的整体感受。在形态的视觉方面要突出表达其主要的空间特征和体量变化，不拘泥于细节和局部，等整体的形态完成后，再从中筛选出具有发展前途的形态进行后续的细部设计。

在设计构思的初期阶段，强调形态的整体性并不意味着忽视形态的细部。相反，这是我们充分表达细部的一种有效方法。我们知道，缺乏细部的产品形态是经不起推敲的，其最终也将牺牲整个形态的价值。但是，细部必须从属于形态的整体性。在前面的章节中我们已介绍过"整体意象优先的原则"，人们在感知一个形态时，首先感知的是这一形态的整体特征。因而在形态创意中，首先从整体上获得一个具有视觉冲击力或富有创意的形态，发展其细部才具有意义。否则，即使是细部设计做得最充分，如果整体形态给人的感觉不那么好，整个形态也是会失败的。

强调"从整体到细部"的表达方法不仅可以使设计师在产品形态创意的一开始就能抓住设计形态的本质，能集中精力去发掘那些具有创意和个性特征的形态，同时也节约了设计师的时间，避免过早、过多地把精力耗散在一些没有发展意义的形态上。

图6-8 台式水处理机最终设计效果

图6-9 一组从整体上着手的头戴式耳机的设计构思草图

四 概念化到可行性

"从概念化到可行性"指的是在设计构思的前期，设计师提出的一些设计构思和草图可以尽量概念化一些。换言之，设计师在产品形态创意过程中要尽量放开思路，思维尽量不要受与形态相关的材料、生产工艺等制约因素的影响，等构思草图达到一定深度后再回过头来考虑其实现的可行性。这和我们在设计构思中经常强调的"要先放后收"的道理一样，先放开思路，打开思维的闸门，激活内在的创造潜能，等设计构思达到一定程度后再慢慢回到现实的基础上。

当然，产品的形态最终必须具有可行性，否则，所谓的创意也只能是"纸上谈兵"。但我们设计构思中主张"先放后收"或"从概念化到可行性"的思维过程，其目的是为了更好地激发设计师的创造思维，让设计师在具体的形态创意中，不受或少受相关因素的影响，使他们能自由地发挥他们的想象能力和创造能力。事实证明，"从概念化到可行性"这一在创意与表达中的互动思维过程对设计师突破传统思维模式和设计制约因素有着十分重要和显著的效果。我们可以从许多设计大师的作品中深深体会到这一点。无论是建筑设计还是其他艺术设计的大师，他们所表达的设计草图往往是不拘一格，其形式多变，线条恣肆，任凭思维自由驰骋。在他们的笔下，设计似乎变得没有任何约束的痕迹，流露出来的只有无限的创意。

产品形态创意的目的不仅仅是寻找一个能符合生产和具有可行性的方案，它同时更应该具有非凡的视觉魅力和创造力的产品形态。如果在设计构思中，每当一个形态出现时都要问一下它能否生产、能否满足技术的话，那么，设计师的思维有可能会受到阻断，设计思维方式很难突破传统的模式，最终的设计结果也很难摆脱"平庸"形式的出现。

图 6-10 是美国设计师 Godfrey 为 OXO 公司设计葡萄酒瓶塞时的部分概念构思草图。在最初的设计构思中，Godfrey 只是简单地画了不少几何形体的概念，随着构思的深入，

她突然发现，其中一个具有环状形的几何形体不仅能满足瓶塞的要求，同时还能用于开瓶。这样，一个兼有瓶塞和开瓶两种功能的设计概念产生了。通过最后一系列的细部设计，终于设计出了如图 6-11 所示的具有两种功能用途的"瓶塞、开瓶器"。

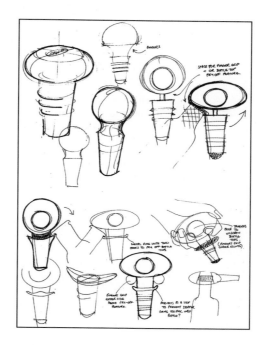

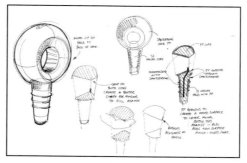

图6-10 一组设计葡萄酒瓶塞的概念草图

图6-11 最终的产品

Practice 练　习

1．设计一把椅子。请尝试用与现有椅子不同的材料或结构来达到形态创新的目的。要求最后画出产品效果图。

2．设计一台收音机。要求认真进行调查和收集有关资料，并根据形态定位的基本方法制作出"生活形态"、"生活心情"、"视觉主题"等看板，最后完成设计方案。

7

产品形态创意范例

该章内容主要介绍了一些国内外最新和较为典型的产品形态设计范例。为了便于读者作较为深入的学习、研究和比较，本章除了对某些实例作一定的说明外，还对这些实例按内容进行分类和编排。

在这些形态设计的范例中，我们不难发现，虽然这些产品都是十分普通的，我们对它们也较为熟悉，特别是一些功能和技术都相同的产品，但是由于设计师在产品形态创意过程中思维角度的不同、在寻求形态创意切入点的不同，所创造出的产品形态特征也必然是各不相同的。

提供下列范例的目的，不仅仅是为我们的设计提供参考资料，也不是为形态创意提供所谓的模式，更不是让我们去模仿它们，其真正的目的在于能为我们的设计带来某种思考和启迪。通过我们走进一些成功设计师的作品，去领略他们对形态创新的探索过程、感悟创新思维的真正内涵。最终能使我们站在今天的社会、文化和生活的角度上去思考我们今天对产品形态创造的内容与形式。

第一节 灯具

图 7-1 是以色列设计师 Ronarad 设计的灯具，该设计利用金属材料的弹性，创造出了一种独特的结构形态。使用者可根据实用要求，将灯具拉伸成不同形态，使之形成不同的光照艺术效果。

图 7-2 是英国设计师 King-Miranda 设计的灯具。设计师通过特有的产品结构形态，向外界传达技术、结构和艺术形式之间的和谐之美。独特的产品结构舒展大方、变化有致，展示出了设计师追求文化艺术特征与科技互融的设计意象。

图7-1 以色列设计师 Ronarad设计的灯具

图7-2 英国设计师 King-Miranda设计的吊灯

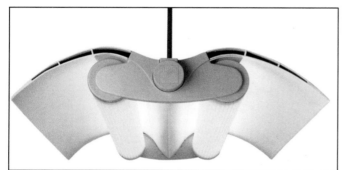
图7-2

图7-1

图7-3 是英国设计师Sebastian Bergne 设计的一款吊灯。设计师利用最简洁的几何形体，创造出了一个新颖别致的立体形态。简洁而略带幽默感的形态诠释着设计师所赋予形态的对生活充满美好与喜悦的内心情感。

图7-4 是美国设计师 Lunar 设计的一款地灯。该灯具的造型形式采用了中国传统中"不倒翁"的形态。整个产品形态简洁、整体，灯罩的细部设计恰到好处，于圆润纯朴的形态中透出一股灵气，清纯可爱。主体选用绿色是设计师对他生态设计观的一种展示。

图7-5 是一款吊灯，形态的简洁性已达到了极致的程度。富有创意的悬垂结构简洁明了，与环形灯架构成了一个十分简洁新颖的产品形式。设计也充分表达出了设计师对现代生活理念的理解。

图7-3 英国设计师 Sebastian Bergne设计的吊灯

图7-4 美国设计师 Lunar设计的一款地灯

图7-5 吊灯

图7-3

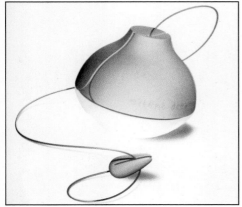
图7-4

图7-5

图 7-6 是一款路灯设计。该灯采用直接照明和间接反射的光照形式。一对伸展的反光板犹如飞鸟在空中飞翔的双翅，独特的反光板细部设计既满足了固定和连接结构的需要，同时也与主体灯具出光口细部形成和谐的呼应关系。

图 7-7 法国设计师 Ronan Bouroullec 设计的灯具。设计在满足使用功能的前提下，力求产品形态的变化和艺术效果。灯具的固定结构被巧妙地和形态融合成一个整体，成了形态的装饰要素。设计充分体现了设计师追求理性与感性、物与环境之间高度协调的设计理念。

图 7-8 是对欧式吊灯进行改良后的产品形态。在形态设计中，设计师通过对传统材料的革新（将现代合成材料替代了传统的金属），并结合欧式灯具的风格特点，赋予了形态新的文化内涵。

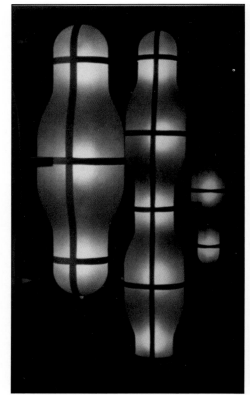

图7-7

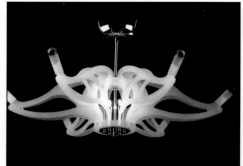

图7-8

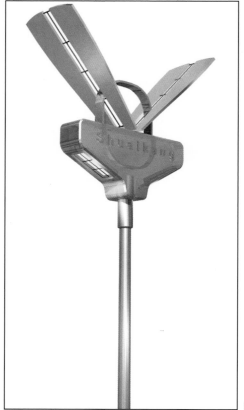

图7-6 路灯（设计 刘国余）

图7-7 吊灯 (法国)Ronan Bouroullec

图7-8 吊灯

图7-6

图 7-9 是荷兰设计师 Venlo 设计的灯具，该设计的重点在于更弹性地适合使用者对灯具的各种功能需要，主体稍加变动后就可转变成台灯、壁灯、吊灯多种用途的灯具。柔和的环形灯管和简洁的固定结构形式旨在营造一种时尚的家庭环境气氛。

图 7-10 是法国 Michel Tortel 设计的一款庭院灯。该灯具有一个 2.7 米高的基座，根据不同的照明需要，在基座上可插放一个以上的灯杆。灯杆的长短也可自行变动，并可连接多种小型的彩色灯具。整个产品形态宛如春天树木上绽出的新芽，充满青春活力。

图 7-11 是德国设计师 Roden berg 设计的灯具。该设计将一组小型射灯结合在可转动的灯头基座上，使光的投射效果形成一组迷人的光线。尽管灯的主体也可转化成具有多种功能的灯具，但其主要的用途更适合于建筑过道和庭院的照明需要，因为具有灵活转动的灯头基座能将光线投放到每个需要的角度。灯具所采用的不锈钢材料和毫不修饰的框架结构使形态更具理性化。

图7-9 荷兰设计师Venlo 设计的灯具

图7-9

87

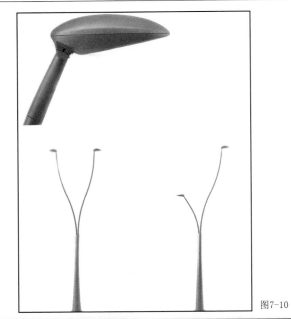

图7-10 法国Michel
Tortel设计的庭院灯

图7-11 德国设计师Roden
berg设计的庭院灯

图7-10

图7-11

图 7-12 是专为 1992 年巴塞罗那奥运会设计的一款灯具,结构形态新颖独特。设计师在设计时充分考虑到产品使用的环境因素,创造出了一个可以调节照明区域的活动调节结构,满足了这个位于地中海边岸城市在变化多端的海滩上独特的照明要求。独特的结构设计也创造出了一种新颖的灯具形态。

第二节 文具

图 7-13 是一款极具个性化的中性笔设计。笔身通过形态变异的手法,使腰身微微收缩,增加了形态的生动和时尚感。表面宛如山地车轮胎的肌理不仅仅是为了笔身的美观,同时也是为了书写者在使用时更加轻松自如。

图 7-14 是一款销往欧洲市场的办公用中性笔设计。根据笔的发展历史记载,早期欧洲人用鹅毛蘸墨水进行书写,直到钢笔的出现,这种古老的工具才逐渐消退。该设计充分考虑到了这一文化因素,将笔的形态设计成宛如鹅毛的形状,并利用较为理性的线条和有机形相互结合。笔的前端采用圆柱,而后部则用扁平的形态,既满足了握笔时的需要,同时也能防止笔在桌面上的随意滚动。在形态的细部设计上力求体现出文化与现代技术和谐相融的设计理念。

图7-12

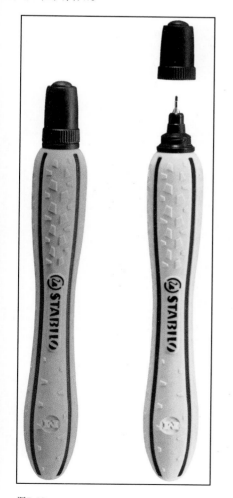

图7-13

图7-12　西班牙巴塞罗那奥运会路灯

图7-13　中性笔设计(德国)W公司设计

图7-14　中性笔设计(设计 刘国余)

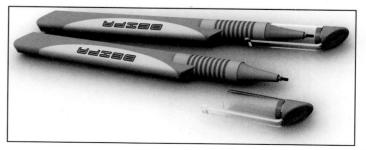

图7-14

图 7-15 是一组长尾夹的形态设计。设计一方面保留了传统长尾夹的工作原理，充分利用材料的弹性来实现夹住物品的目的，另一方面，在产品的结构设计上进行大胆创新，使之产生出了与传统产品在风格特征上迥然不同的视觉效果。

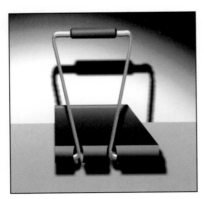

图7-15 一组长尾夹设计 （设计 刘国余 汪启宇）

图 7-16 是一组订书机的形态设计。设计采用了仿生的设计手法（模拟鳄鱼和甲壳虫的形态），但设计的真正目的是要为产品创造出一种新的使用方式。在设计构思上利用向两极的思考方法，使原产品体量尽量向小的方面变化，并结合趣味性的形态，创造出一种既能作为钥匙链上的饰品，又能成为一个携带方便的实用品。

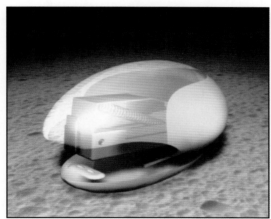

图7-16　一组小型订书机设计　（设计 刘国余 汪启宇）

解决设计问题的答案是无穷的，尽管产品的使用功能相同，但采用不同的产品材料、结构和操作方式都有可能获得不同的产品形态。图7-17是一组胶带座，其不同的产品结构形态清晰地反映出设计师在设计中不同的设计思维和设计切入点。图7-18是一个通过结构创新获得产品新形态的实例。设计师利用弹簧装置的弹性原理，创造出了一个新的夹纸结构。该结构能将一些文件纸张或卡片轻易地夹起或取出。由于利用该装置夹起来的文件或卡片处于垂直状态，因而能满足使用者在做其他事情（如打字、打电话）时的阅读需要。

第三节 家用电器、器具

图7-19是意大利设计师Marta Sansoni设计的手动食物搅拌机。设计师的灵感来自于大海中的生物形态，通过设计师对形态某些特征要素的抽取，结合产品独特的使用方式，创造出了一种和谐而生动的产品形态。这一产品形态也清晰地展示出了设计师追求物与自然和谐的设计理念。

图7-20是英国设计师Ceoff holingtou设计的名为"Fit for life"的一套个人小产品。设计师将形态设计成一个同一的基本单元，根据需要就可将它转化成如电扇、手电筒、收音机等产品。从图中可以清楚地反映出，这些功能的转换必须基于一个合理的产品结构基础上。

图7-17 一组形态不同的胶带座

图7-18 桌面文件夹

图7-19 手动食物搅拌机(意大利)Marta Sansoni

图7-20 "Fit for life"个人小产品
(英国)Ceoff holingtou

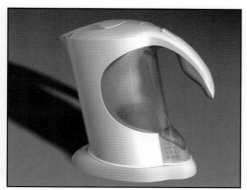

图7-23

图7-24

　　图 7-21 是一个专为母亲设计的婴儿秤。形态设计得十分简约。其独具匠心的创意是把秤的两边设计得微微隆起，中间形成下凹的曲面。在功能上能有效地防止婴儿下滑，在形态上隐喻为母亲的双臂，给人以人性化的感受。　图 7-22 是一款多功能蒸汽发生器。由该产品产生的高温蒸汽能有效、快速地清除家用电器、家具等物品上的污垢。具有个性化的产品外观和丰富的细部设计，不仅较好地诠释了产品的功能语义，同时其靓丽的色彩和充满动力的形态也能使琐碎、繁杂的家务变得具有情趣。对于一些在技术上较为成熟的产品，市场中的竞争要素越来越集中体现在对产品形态的创意上。图 7-23 是一款家用电水壶的设计，壶体采用两种不同性能的塑料组成。半透明的材料从壶身延伸到把手侧部，既满足了能显示壶中水位的设计要求，同时也表达出壶体线形的流畅感和整体形态上的动感。微微前倾的壶体更加增强了这一产品形态的风格特征。图 7-24 也是一款家用电水壶设计。

图7-21　婴儿秤

图7-22　多功能蒸汽发生器

图7-23　家用电水壶（设计 刘国余）

图7-24　一组不同色彩的电水壶

图7-21

图7-22

图 7-25 是一台家用水处理机的设计方案。该产品形态由简单的几何形态组合而成。通过细部设计，较好地改善了由几何形态组合所带来的一些生硬感觉。

吸尘器设计由于受到内部机构、使用对象和环境等因素的影响，对形态的创新带来极大的挑战。但事实上，只要我们能解放思想，勇于探索，仍能寻找到既能符合功能需求同时又能满足个性要求的创新形态。图 7-26 至图 7-31 是一组吸尘器的设计方案，尽管所赋予的使用功能基本相同，但在设计的作用下所呈现出的形态迥然不同，这也充分显示出产品形态创意的空间是十分巨大的。

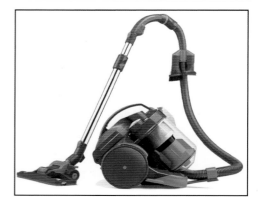

图7-27

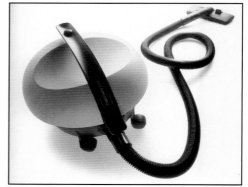

图7-28

图7-25

图7-29

图7-25 家用台式净水器 （设计 刘国余 汪启宇）

图7-26至图7-30家用吸尘器

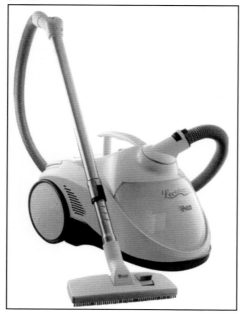

图7-26 图7-30

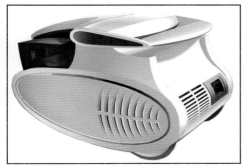

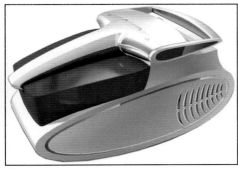

图7-31

图 7-32 是一款为厨房中使用的蒜泥挤压器，产品的基本结构采用杠杆的原理设计，操作十分简便省力。在产品的形态设计中十分注重人机工学原理的应用，把柄的形状十分吻合手的使用方式，无论是左手与右手都能操作自如。上部的活动把柄能使清洗更为方便，下部不锈钢的小孔能使蒜泥均匀流出。产品形态舒展大方、新颖别致，设计不仅体现出了它的优良操作性能，同时也折射出了当代人的生活理念。

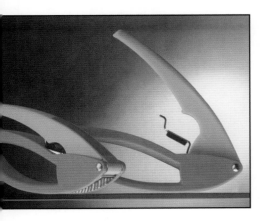

图7-34

第四节　电子产品

图 7-33 是日本富士公司推出的 Cheki 相机系列中最新的一款快速成像数码照相机，机身简洁轻巧，全重仅 310 克，带有机械式的 F60 毫米三级长焦镜头和液晶显示窗。相机的主体形态采用有机形态，丰满而略带稚气，不仅使产品形态具有强烈的艺术个性，同时在携带和操作时倍感舒适与方便。

图 7-34 是由德国设计师 Koblenz 设计的电子旅行闹钟。产品的形态设计得十分简洁整体。闹钟的支撑架复位后形态就成了一个整体的圆形，便于在旅行中携带。产品结构的巧妙之处是，当支撑架复位后钟面被保护，但仍能看到钟的时间刻度。

图7-33

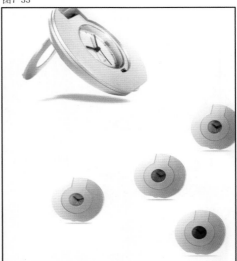

图7-31　家用水注式吸尘器（设计 张乐乐 刘国余）

图7-32　蒜泥挤压器（比利时）Erikhlerlow Fegnestue

图7-33　富士公司的Cheki数码相机

图7-34　电子旅行闹钟（德国）Koblenz

图 7-35 是格拉茨工业设计中心学员设计的一款便于正常人和听力受损者之间沟通的电子通讯装备，它包括一部带摄像头的视频电话。通过简单的遥控，用户可以移去两个接触屏中的一个，给其他想要交流的人。该产品形态十分简约、整体。结构设计巧妙，既符合了日常生活中携带的要求，同时也能满足交流中各功能的需要。

图 7-36 是一款名为"Soundbug"的声音转换器，利用电子集成技术，Soundbug 能将采集到的外部声音转换到一个平面，如桌面、门、窗的表面，并使之成为一个音响的发声器。它也能连接到 CD、MP3、Walkman 等采集或直接插放音乐。Soundbug 是一个全新的电子产品，其形态设计采用了简洁流畅的线条和圆润饱满的曲面形体，充分展现出了高科技的独特风格。

图 7-37、图 7-38 是一组日本索尼公司推出的 Aibo 电子狗的第二代、第三代系列产品。1999 年，索尼公司根据现代家庭中人们生活方式的特点，设计开发了以 Aibo 为命名的电子宠物狗。这是一款为成年人设计的电子玩具。设计结合了当代先进的机器人和人工智能等高科技技术，创造出了一个具有人性化的电子产品形态。Aibo 的外形不仅酷似自然界中的动物形态，能模拟动物的各种动作，而且还具有一般动物的情感表达方式，能和主人产生感情方面的交流和互动，针对主人对它的态度表现出喜怒哀乐的情感特征。虽然 Aibo 的身价不菲，每只价格达 1.7 万元港元，但仍深受消费者的喜爱。在最初日本市场上试销 3000 只，仅 20 分钟就一抢而空，在一年中就接到全球的订单 13 万只，足见其设计的成功。该设计也是一个运用高科技技术，通过对现代社会生活方式的深入研究，进行产品创新的成功范例。

图7-35 便于正常人和听力受损者之间沟通的电子通迅装备

图7-36 电子声音转换器（英国）Lan Heseltine Greg Browne

图7-37 日本索尼公司推出的Aibo电子狗的第二代系列产品

图7-38 日本索尼公司推出的Aibo电子狗第三代系列产品

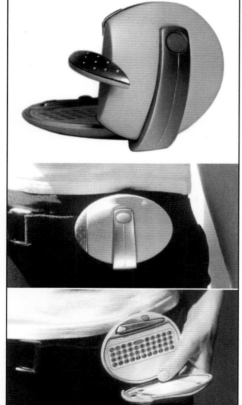

图7-35

图7-36

图7-37

图7-38

第五节　交通工具、运动器具

图 7-39 是一款名为 Mz1000s 的运动摩托车，由德国 Naumann 设计公司设计。该设计充分考虑了骑行时的各种人机要素，将各部的操作达到最佳的舒适程度。设计还十分注意到对公司前期产品在风格方面的传承，保留了产品在尾部和形体处理上的某些传统特征，使整体和富有运动感的形态与精致的加工技术相得益彰，形成了极具视觉冲击力。

图 7-40 是一组由奥地利fh Joanneum 设计中心学员设计的轻便交通车。该车主要用于一些城市的步行街中，是专门为送奶员、食品和家政服务人员等设计的代步工具。设计要求车身形态具有小巧、灵活机动性强和符合城市环境等特点。

图7-39

图7-40

图7-39　德国Naumann设计公司设计的运动摩托车

图7-40　城市轻便交通车设计

图 7-41 是由上海交通大学工业设计硕士研究生设计的一款轻型交通工具,入选 2003 年日本 Carstyling 国际汽车设计大奖赛决赛作品。该车以电力驱动,可实行自动操纵。其设计理念是要为旅游者提供一辆外观新颖、视野开阔、使用方便的电动汽车,增加使用者从自然界获取更多乐趣的经历与体验。设计并不强调车子的速度,也不着意它的表面华丽,设计强调的是与自然环境的和谐融合和给予使用者在使用时的一份轻松心情。

在设计中,设计师突破了传统的材料概念,车厢的材料采用全透明材料,并辅以防雾、防紫外线等高科技技术。车身形态设计的灵感来自于大自然中的蜗牛的形象。舒缓而富有变化的曲线和具有律动感的优雅形态将设计师的设计理念诠释得淋漓尽致。

图7-41 轻型电动旅游车设计(设计 陈志雄)

图 7-42 是一组摩托机动车的设计。在一些农村和边远地区，由于摩托车价格便宜、机动性强、维修方便，因此人们常用它来作为运载货物甚至人员的主要工具。但实际上摩托车原本的功能并不是如此。该设计就是专为这些地区设计的轻型运载工具。车子采用摩托车驱动引擎，将实用性和产品的美观性有机地结合起来。

图7-42　摩托机动车设计

图 7-43 是上海交通大学工业设计硕士生设计的一款野外作业用车。该生根据当今社会建筑、抢险、维修等野外工作的特点，将车头（驱动和驾驶部分）和车厢设计成既能组合又能分离的两个独立部分。在正常情况下，车头作为整车的动力成为车子的一个整体部分。当车子到达目的地后，车头能与车厢分离，成为一个独立的交通工具。车厢则能成为野外工作者的临时住所。抽出车厢顶部的太阳能吸收板，既能扩大住所功能，同时也能为临时住所提供必要的能源。设计通过对新的使用方式的探索，最终创造出了一个全新的交通工具形式。

图 7-44 是奥地利 fh Joanneum 设计中心学员设计的一款名为 Lizrod 的人力轻便运动车。Lizrod 是能让许多年轻人充满乐趣的运动器具。使用者以单边膝盖为支撑点，并利用另一条腿蹬出的力量推动车体滑行。该车设计灵感来自于对雪橇运动的深入研究，它对身体平衡性和协调性提出了较高的要求。

图7-43　野外作业用车
（设 计　邱烁）

图 7-45 是奥地利 fh Joanneum 设计中心学员设计的一款名为 Luke 的站坐两用轮椅车。膝关节以下患者可以因使用 Luke 而使生活态度更加积极向上。他们的身体在使用这款产品时可根据直觉而行动。这款轮椅的设计特点是摆脱了传统轮椅对人的束缚，而是让人们从端坐状态中得以解脱，以新的角度体验生活。这是一款利用技术和结构创新的产品，它不仅能提供给残疾人使用，对非残疾人也能带来使用它的乐趣。

图7-44

图7-44　Lizrod 轻便运动车

图7-45　Luke站坐两用轮椅车

图7-45

图 7-46 是一款电动轮椅。设计师结合了现代电子导航技术，对该产品进行了充分的人性化设计，使使用者在驾驶该车时更加方便自如。技术的应用不仅提供了更为便利的操作方式，同时也改变了传统产品的造型形式。

图7-47是一款由奥地利fh Joanneum 设计中心学员设计的轻型而富有弹性和容易携带的水上运动划艇。整个形态散发出清新而亮丽的视觉感受，告诉人们它是夏日水上运动的好伙伴。轻巧而坚实的框架和能自行充气的气垫折叠能使产品的携带十分方便。

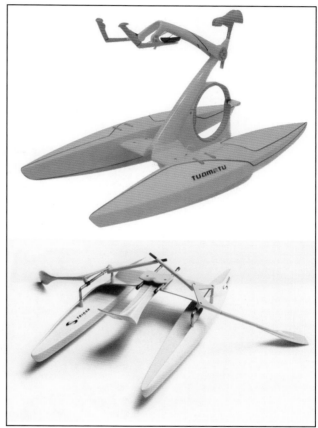

图7-47

图7-46

图7-46　电动轮椅车

图7-47　由奥地利fh Joanneum设计中心学员设计的水上运动器

为送货员的摩托车装上一个雨篷无疑为使用者提供一个更为舒适的操作环境，但对摩托车的结构设计带来极大的挑战。该产品的设计师抓住了产品的整体特征，并通过了深入的细部设计，使附加上的雨篷框架与产品主体得到了自然的结合（图7-48）。

第六节　工具、医疗器具

图7-49是由德国设计师Jurgen. R.schmid 设计的一款电钻，除了一般电钻功能外，还具有上螺丝的功能。手把形态按人机工学原理设计，体量轻巧，能适合单手操作。设计最大的特点是外形看上去不像是一个传统的工具，而是给人一种非常具有实效和舒适感的专业助手的感觉。

图7-48

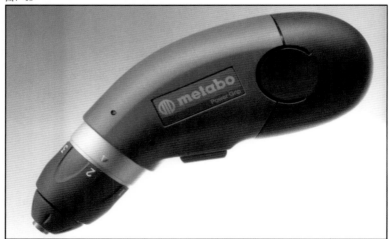

图7-48　带防雨罩的摩托车

图7-49　两用电钻(德国)
Jurgen. R. schmid

图7-49

图 7-50 是一台专为爱好自己动手的人设计的家用地坪磨光机，设计引入了人机工学的原理，使操作更为舒适和方便。流线型的把手，整体而平滑的曲面和精细的细部处理，给产品带来了良好的视觉效果。优良的产品形态设计不仅能最大程度地减轻操作者的体力强度，也能极大地舒缓了心理上的疲劳程度。

图 7-51 是由德国 Spanihel 设计工作室设计的医疗病床，设计引入了人机工学原理。该设计的切入点主要以实现功能为目的，突出强调了产品的功能性和安全性。外观形态整体大方，具有良好的职业识别特征。

第七节　家具

追求时尚和具有个性化的家具形态已逐步成为当今家具设计中重要的设计趋势之一。图 7-52 至图 7-57 是一组沙发和椅子的设计作品。设计师在对这些产品的形态创意中，通过对传统产品结构的大胆变革或对材料的创造性运用，使之产生出了具有强烈个性和艺术特征的产品形态。

图7-52

图7-50

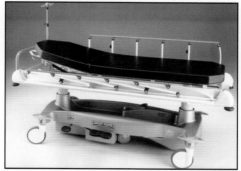
图7-51

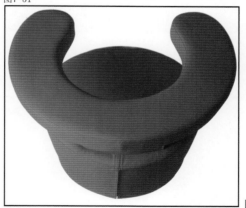
图7-53

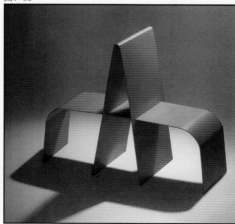
图7-54

图7-50　德国Design Tech 公司设计的家用地坪磨光机

图7-51　医疗病床（德国）Spanihel 设计工作室设计

图7-52　奥地利fh Joanneum设计中心学员设计的椅子

图7-53　日本 Shine+Tomoko Azumi公司设计和生产的沙发椅

图7-54　椅子（巴西）Fernandohe & Humberto

103

图7-55

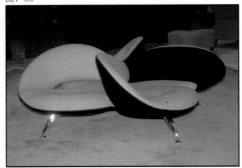

图7-56

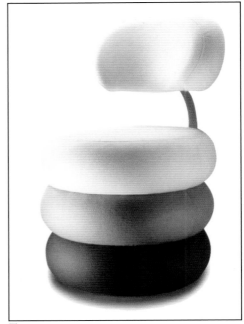

图7-57

图 7-58 是 由 日 本 Shine+Tomoko Azumi 公司设计和生产的屏风，设计师对结构的创新扩展了产品原有的功能，使其既能作为一般的屏风又能作为储物柜使用。该产品具有弹性的功能和结构设计理念对现代家具设计具有很好的启示作用。

图7-55 椅子

图7-56 由西班牙设计师设计的四人组合沙发椅

图7-57 由3COUS公司设计和生产的椅子

图7-58 由日本Shine+Tomoko Azumi公司设计和生产的屏风

图7-58

图 7-59 为 KI 智能化教室坐椅叠放后的形态。简洁、轻巧的形态清晰地展示出该物品的使用环境。在设计中，设计师较好地考虑了存放的要求，使椅子能垂直叠加。产品的结构创新不仅美化了本身的形态，同时也使产品存放空间达到了最小化的程度。

图 7-60 是一款意大利设计师设计的杂物架。整个形态显示出设计师浪漫而充满想象力的个性特征。尽管这是用来放置普通物品的杂物架，但在设计的作用下，其优雅的结构形态既能满足放置物品的需要，同时也能作为室内的一件装置艺术品。不仅如此，其结构的特点还能根据用户的需要，使产品进行任意的扩展，达到功能的延伸。

图7-59

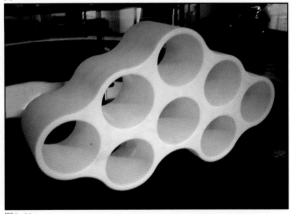

图7-60

图7-59　坐椅折叠后的形态
图7-60　杂物架